# 猫的故事

[英] 吉米·哈利 著
种衍伦等 译

中国城市出版社
·北京·

北京版权局著作权合同登记
图字：01－2010－6152

图书在版编目（CIP）数据

猫的故事／（英）哈利（Herriot，J.）著；种衍伦译．－－北京：中国城市出版社，2012．4
ISBN 978-7-5074-2568-0

Ⅰ．①猫… Ⅱ．①哈…②种… Ⅲ．①长篇小说－英国－现代 Ⅳ．①I561．45

中国版本图书馆CIP数据核字（2012）第051152号



| | |
|---|---|
| 策　　划 | 王　立 |
| 责任编辑 | 唐　浒　伍四运　李　丹 |
| 插　　图 | 豆　子 |
| 整体创意 | 李　丹 |
| 责任技术编辑 | 张建军　张雅琴　张美欣　沈永勤 |
| 出版发行 | 中国城市出版社 |
| 地　　址 | 北京市西城区广安门南街甲30号（邮编100053） |
| 网　　址 | www.citypress.cn |
| 电　　话 | (010) 63275378（营销策划中心） |
| 传　　真 | (010) 63489791（营销策划中心） |
| 总编室信箱 | citypress@sina.com　电话：(010) 68171928 |
| 投稿信箱 | world66@263.net（营销策划中心） |
| 经　　销 | 新华书店 |
| 印　　刷 | 北京中科印刷有限公司 |
| 字　　数 | 80千字　印张6.125 |
| 开　　本 | 880×1230（毫米）1/32 |
| 版　　次 | 2012年6月第1版 |
| 印　　次 | 2012年6月第1次印刷 |
| 定　　价 | 42.00元 |

# 目 录

*Cat Stories*

# 前言

猫咪在我生命中一直扮演着重要的角色；开始是在格拉斯哥的童年时光，接下来是在我当外科实习兽医的时候，如今在退休的日子里，它们依然围在我身边，照亮着我的生命。

我之所以会选择兽医作为终身职业，猫是主要原因之一。在早年求学的日子里，我的动物世界是由一只美丽的爱尔兰长毛猎犬统率的，它的名字叫作阿顿，十四年来，我俩亲密地漫步于苏格兰山丘间，每当散步归来时，在门口相迎的总是猫咪，它们蜷缩在我脚边喵呜地叫着，还用脸在我双手间摩挲。

长久以来，家人都同时饲养好几只猫，这群小家伙都各有特殊的魅力，它们与生俱来的优雅和极度纤细的情感使得我们更加亲密。因此我期盼着有朝一日能进入兽医学院

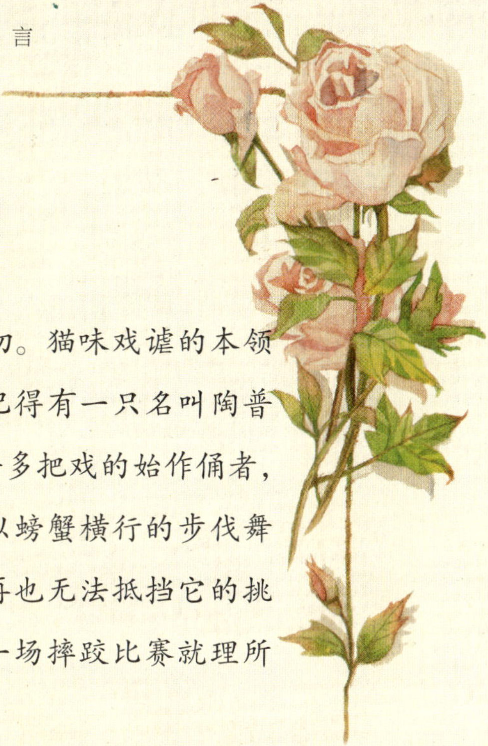

就读，研读有关猫的一切。猫咪戏谑的本领经常成为娱乐的源泉，记得有一只名叫陶普希的母猫，它向来都是许多把戏的始作俑者，邪恶地竖起耳朵，不断以螃蟹横行的步伐舞向阿顿，直到这条猎犬再也无法抵挡它的挑衅而蹦到它身上，于是一场摔跤比赛就理所当然地展开了。

偶尔，在猫咪生病时，我们也会请兽医出诊，每当此时，我总是心怀敬畏地注视着替猫看病的兽医；他研究这门学问仿佛已异常熟悉，深谙猫咪体内每一根骨头、每一条神经以及肌腱。

进入兽医学院之后，竟然发现他们对我所钟爱的猫咪丝毫不感兴趣，这点令我感到十分惊讶！学校的教科书中有一本叫做《希森家庭宠物解剖学》的大书，它太沉了，需要一名壮汉才能将它从书架上抬起，而要在上面查询东西也是件苦差事。我渴切地搜寻书页，书中以详尽的分类花了极大的篇幅解释马、牛、羊、猪、狗等动物的体内构造，而狗还是新挤进去的，但却始终找不着猫，最后我只得参阅附录，字母“C”底下也没有任何资料，于是我想到必然是归类在“F”[①]下头吧？但二度查寻都是徒劳无功，伤感之余，我不得不下个结论：书里压根儿就没提及我那可怜的、毛茸茸的朋友。

这真叫人难以相信！想到数以千计的老弱病残从猫咪身上获得了欢笑、慰藉以及友谊，它们正是这些人所能拥有的最佳宠物。然而兽医这行又做了些什么呢？事实很清楚：老旧的观念已经落伍了。《希森家庭宠物解剖学》在1910年出版，直至1930年以前已多次加印再版，而这个新出炉的版本正是我在求学时代所使用的版本。我常表明，虽然我将职业生涯耗费在医治大型动物上，但我的初衷却想当猫狗的医生；而在30年代经济萧条、就业率低

①“feline”的意思是“猫科动物”。——译者注

下的时候，我通过了考验，结果便是穿着威灵顿长靴漫步在北约克夏山间为动物们治病。五十多年的光阴就此逝去，我珍惜这里的每一刻时光，但在开始时，我还以为自己会就此与猫咪绝缘。

事实证明我原来的想法错了。原来猫咪无所不在，每个农场都有猫的踪影，它们帮着驱逐老鼠，而且在乡野间过着完全属于自己的生活；它们还是享乐的行家，比如我替牛检查头部时，往往发现干草槽里有温暖舒适的猫窝。因为它们酷爱温暖，所以也会蜷伏在稻草垛之间，或在阳光遍洒的角落里愉快地伸展四肢。冬季较为严寒的日子里，我车上温暖的引擎就对它们形成难以抗拒的诱惑，只要我在庄院里一停车，两三只小猫就会立刻蹲伏到车上取暖。有些农夫饲养猫咪，除了因为它们对主人有实质性帮助外，另一方面也因为自己是真正的爱猫者。在这些区域里，或许还能发现小家伙们意外享用温暖的食物后所遗留的记号，在我将车驶离之际，车上每一寸暖烘烘的金属上皆覆盖了泥爪印，这些图案很快就会干涸，再加上我自己实在没有时间、也没有意愿洗车，部分爪印就成了半永久性的装饰。

借由乡村小镇每日的巡行，我亲眼目睹许多鲜活的例证：老人与猫咪共处小屋内其乐融融，它们躺在壁炉边，或蜷曲在主人膝上，和宠物的感情使人们的生活大为改观。

此情此景总叫我想起猫咪，然而我们的正规教育却忽略了它们，所幸，这已经是五十多年前的事了，而且即使是在那个时候，情况也已经有所转变。人们开始在兽医学院的演讲中讲述有关猫的一切，而对于那些前来观摩实习的学生们，我经常向他们请教学习，直至后来业务拓展开来，我也以同样的态度求教那些虽是初来乍到、却已是满腹新知的年轻助理；此外，兽医期刊也开始刊载有关猫的报道，我总是求知若渴地阅读这些文章。

在短短五十多年的兽医生涯中，这种情况一直持续不变，如今在退休之年，一切都随之结束。我常反思在我那个时代里所产生的变化，某种急剧的变革致使我的职业转型，当然，人们对于猫的认知不过是这种变革中的一小部分；农场马匹的消失、抗生素的问世将我在中世纪所惯用的配药扫地出门，新的外科疗程，以及令人惊异的预防注射疫苗相继问世，种种发明看来都像是梦想的实现。

猫成为了所有家庭最受欢迎的宠物，这已经是不言而喻的事实。许多赫赫有名的兽医在极具权威的书中都撰述了有关猫的一切，事实上，一些兽医还摒除其他动物而专攻猫科。

在我写字桌的前头，陈列着一长排老旧的教科书，都是我在那段遥远的日子里所研读的教材，《希森家庭宠物解剖学》也在其中。一如从前般壮观，在我想要回溯过往、或想开怀大笑一场时，其他的书便成为我浏览的对象，而与这些古董并列的，则都是新版的好书，里头只共同讨论一个主题，那就是猫。

回想起过去不少人对猫抱有奇怪的观点，他们总认为猫很自私，只会在情况对自己有利时才释放情感，无法像狗那样慷慨地付出爱，它们永远都乔装出一副不食人间烟火的态度，只关心自己的利害。这是何等的无稽之谈！我就曾享受过猫儿以小脸与我相摩挲、用小心翼翼藏起利爪的前肢碰触我的下巴，这种种行为对我来说都是爱的表现。

由于家里的波尔德小猎犬对猫十分感冒，老爱追赶它们，所以在此提笔为文的时刻，我身边并没有猫；虽然小猎犬会向其他的狗宣战，而且是大小通吃，暗地里它对猫还是十分谨慎的，如果猫咪不动声色，它也就跟着按兵不动，而当猫咪坚守阵地时，它则会绕行一大圈来回避它们。在小猎犬酣睡之时——这是它年届十三岁时所最喜爱的活动——村里的猫就会乘机从邻居家过来造访，厨房窗户外头筑有高度及胸的围墙，墙头经常聚集了各种各样的猫在这里等着瞧我们提供些什么美味大餐。

我们将那些为猫咪所准备的各式美食撒在墙头上等着它们大快朵颐，但其中有只黄白相间的美丽雄猫重感情胜于一切，在美食与抚摸之间，它宁可选择后者。每回喂食时，它总是奋力一头栽进我的手掌，嘴里还伴随着喵呜的叫声，几乎把餐盒都给掀翻了，我总必须为此与它纠缠一番，结果便是我放弃喂食，投其所好地专心为它做出摩挲、抚触，以及用下颌轻碰它的动作。

有个定律是再理性不过的了：人一旦退休，就不该再流连于从前工作的地方。当然，史盖得居对我而言意义绝不仅于此，因为那里充满了无数的回忆；在那里，我与西格和屈生分享单身贵族的日子，也开始了婚姻生活，看着孩子们从呱呱坠地的婴儿慢慢长大成人，同时走过了半个世纪的兽医生涯，历经成败起伏；我到那儿去只是为了拿取邮件，顺道也窥探一下业务进展的状况。

诊所业务现在由我儿子吉米，以及一些优秀的伙伴负责，就在上星期我站在办公室前看着主人们带着宠物前来诊所里咨询、做手术、接种疫苗，熙来攘往，和我早年的工作中有九成以下都是牛马等大型动物的时代相比，真是天壤之别。

我从这些毛茸茸的朋友身上移开视线，转身对吉米说："在你们外科手术中，最常见的是哪种动物？"

他思索了一会儿然后回答："猫狗各占一半吧？但我想猫的数量还在不断增长吧！"

# 糖果店的阿福

我的喉咙好痛。连续三个晚上在狂风猛吹的山坡上接生小羊，感冒就此发作，现在我最需要的就是一包杰夫·贺非的咳嗽糖。这是很不科学的疗法，可是对这种神奇的小糖果我始终有一份很天真的信心，那一粒粒的糖球在嘴里爆开，一股凉凉的药味立刻直达支气管内。

小店在一条几乎找不着的斜弄堂里，店面好小，小得就像玩具屋，连招牌——杰夫·贺非糖果铺——都只能搁在窗户上面。这么小的铺子却天天客满；今天是市集日，更是挤翻了天。

小铃铛“叮”的一声，我推开店门，挤进层层的小姐太太们之间。看这光景势必得多等一会儿，但我不在意，因为观赏贺非先生的举动是非常值得的一桩乐事。

我来得正是时候，正赶上这位店主挑选商品的“挣扎期”。他背对着我，一头银发的大脑袋在宽阔的肩膀上不停地微微点着，他在察看墙上那一排排高高的玻璃糖罐。他两只手放在背后，一会儿握紧，一会儿放松，这表示他在做内心的挣扎。接着他沿货架走了几步，专心地轮流看过每一只糖罐。这姿态使我想起当年纳尔逊将军在胜利号甲板上踱方步的情景，将军苦思制敌的良策，简直专心到了极点。

每逢他一伸手，然后摇摇头把手缩回来时，总会引起全店一阵骚动。等到他终于慎重地点点头，抬起肩膀，伸长胳臂，抓住一只糖罐转身面对全场时，众女士们便不约而同地发出一声赞叹。和蔼可亲的笑容立刻在他那张罗马元老型的大脸上绽开。

“你好，莫法太太，”他声若洪钟地招呼一位个头高大的妇人，两手捧着玻璃罐，微微侧倾着，姿势优雅、庄重，就像卡迪亚的珠宝商在展示一条钻石项链，“不知道这是否合你的意。”莫法太太紧抓着购物袋，仔细张望玻璃罐里裹着糖纸的糖果：“这，我不晓得……”

“我如果记得没错，莫法太太，你说过想找一种类似俄罗斯牛奶糖的东西，那我非大力推荐这种糖不可。这不完全像是俄罗斯牛奶糖，可是绝对是一种好吃又爽口的太妃糖。”他的表情严肃又诚恳。

他的描述配上洪亮的音调，连我也恨不得抓一把太妃糖，当场吞进肚里去。这番话对这位女士似乎也有相同的效果。“好好，贺非先生，”她热切地答应着，“我要半磅。”

店主躬了躬身子：“多谢。相信你一定不会对这个选择后悔的，莫法太太。”肃穆的面容转化成亲切的微笑，当他以充满爱意的手势把太妃糖送上磅秤准备过磅时，我又兴起想买下它的冲动。

贺非先生两手撑在柜台上，两眼专注地盯着这位顾客，不但目送她出门，而且礼貌周到地鞠躬致意，“慢走啊，莫法太太。”然后，他再转向其他人，“啊，道森太太，看到你真高兴。今早想吃些什么口味？”

被指名的女士一脸的笑意，显然很开心。“我想要一些上个礼拜买过的巧克力软糖，贺非先生。味道真好，不知道今天还有没有？”

“有，道森太太。很高兴你赞同我的看法，真是好香好浓的巧克力味。今天刚巧进货，而且还有特别为复活节设计的礼品盒。”他从架上取了一个放在手掌上，“是不是很美？”

Toffee
Turkish delight

道森太太头点得飞快："是啊是啊，真的好美。我要一盒，另外再买一些别的。给全家人吃的大袋装硬糖。杂色的那种，有没有？"

贺非先生捻着手指，盯着她瞧了一会儿，深吸了一口气。这个姿势维持了大约几秒钟，他接着转个身，背着手，再次巡视他的糖罐。

这是我最爱欣赏的片段，一个非常熟悉的画面：拥挤的小店，店主跟他的糖果罐在角力，阿福静静坐在柜台的尽头。

阿福是杰夫·贺非养的猫，它总是在那里，笔直高贵地坐在柜台靠门帘的位置。这道门帘后面是贺非先生的小客厅。像平常一样，它对店里的动静显得十分有兴趣；它的目光不断从主人的脸移到客人的脸上。也许只是我的幻觉，我总觉得它的神情充分表现出对交易过程的参与感和对交易结果的满足感。它永远坚守岗位，从不侵占柜台的其他位置。偶尔一两位女士会摸摸它的脸颊，它就立刻报以响亮的一声"喵呜"，再把脑袋转向她们亲昵地动一动。

它决不显露任何不当的情绪。情绪化有损尊

严，而尊严是它的本色。即使在它只是小猫咪的时候，也从来不过分贪玩。三年前我替它做绝育手术，它倒并未因此而仇视我。由于手术的关系，它长成了一只慈眉善目的大肥猫。现在，我看着它，看它守在自己的地盘上，怡然自得。毫无疑问，它确实是非常有佛相的巨猫。

我更有一种很强烈的感觉，阿福在这方面真像它的主人。所谓“物以类聚，人以群分”，难怪他们俩如此投缘。

轮到我上前时，我靠近阿福，伸手搔搔它的下巴。它得意地把头抬得高高的，同时从丹田发出阵阵的喵呜声，到最后小店里全是它洪亮的回声。

贺非先生连包我的咳嗽糖也有一套生动的仪式。他先对准糖包猛吸一口气，再朝自己胸口拍个两三下。“哈利先生，光是闻这股喷香的药味，就包你药到病除。”他鞠躬微笑。我发誓，阿福也跟着他一起在笑。

我从女士堆中挤出来，走入弄堂时，想起小糖果店的景观仍旧回味无穷。德禄镇还有好几家糖果铺，门面又大又宽敞，橱窗里的摆设更是诱人，可就是没有一家生意比得上我方才离开的那间又小又挤的铺子。这全得归功于杰夫·贺非的独门销售技巧。他这种技巧当然不是伪装，而是出于对职业的一份执著，真心喜欢他所做的工作。

杰夫·贺非的言行举止，以及他那“装饰”味特重的措辞，惹得不少人批评。批评他的大都是当年十四五岁时候和他一道踏出校门的那些男生。而在小酒馆里，大家常常戏称他为“主教”。这是因为他一脸的福相，倒不是什么坏话。当然女士们都喜欢他，老是成群结队地等着他的“青睐”。

大约一个月后，我再次进他的店，替罗丝买她最爱的什锦糖果，景观依旧：杰夫·贺非声若洪钟，笑容可掬；阿福端坐原位，关心着店里的一举一动。这对主仆散发着无比的庄重与幸福感。我接糖果包时，店主凑在我耳边说：

“我中午12点打烊吃午饭，哈利先生，可不可以劳驾你来替阿福检查一下？”

“可以，没问题。”我盯着柜台上的大猫，“它病了？”

“啊，不是不是……我只是觉得有些不对劲。”

稍晚，我敲敲关上的店门，贺非先生便引我进入难得一见的空店面，穿过门帘便是客厅。贺非太太坐在餐桌边上饮茶。她的长相比她丈夫朴实多了。“哈利先生，你来看这只小猫啦。”

“它可不算小。”我笑呵呵地说。坐在火炉边的阿福看起来真是比平常显得更巨大。它一瞧见我便起身，不慌不忙地迈过地毯，拱起背贴着我的腿，令我觉得无上的光荣。

“它的确漂亮啊！”我自言自语地嘟囔着。有好长一段时间没有如此仔细地看过它，那张友善的脸上，深色的条纹直达那双聪慧的眼睛，太吸引我了。我抚摸着那层在火光下闪闪发亮的皮毛。

“你是只漂亮的大家伙。”我朝贺非先生说，“它看起来挺好的，什么地方令你担心了？”

“呃，也许啥事也没有。它的外观的确一点也没变，可是这一个礼拜我注意到它不大有胃口，不大活泼。它不是真的在生病……它只是不大一样了。”

“我明白。好，我们好好来看看它。”我仔细地检查一遍，体温正常，黏膜呈健康的粉红色。我取出听诊器诊察心、肺，听不出任何不正常。触摸腹部也得不到什么线索。

“贺非先生，”我说，“看情形似乎并没有哪里不对劲。或许是有些疲劳吧，不过也不太像。总之，我替它先注射一针维他命，应该会使它活泼起来。要是过几天仍不见好转，你就通知我。”

“真是太感谢了，哈利先生。我总算可以安心了。”魁梧的店主一手搭在他的宠物身上。他嘴里的安心敌不过脸上关注的表情。看着他们相亲相爱的模样，使我对人与猫——人类与动物——的投契有了新的感受，永生难忘。

整整一星期没有阿福的消息，我以为它已经恢复正常，就在这时候它的主人来了电话。“它还是那样，哈利先生。确切地说，它好像更差了一些。如果你肯再来看它一次，那真是感激不尽。”

情况跟上次完全一样，再怎么仔细地检查也瞧不出什么毛病。我开给它一些多种维他命与矿物质混合的丸剂。没必要动用新的抗生素作治疗，因为体温既没升高，也不见任何细菌感染的迹象。

我每天都经过这条弄堂，它离我的诊所不过一百米的距离。每天我都习惯性地在小店前面停下来，从小窗口瞧瞧店里的情形。每天都是那幅熟悉的画面：贺非先生笑容满面地向顾客打躬作揖，阿福静静地坐在柜台上的老位置。样样事情都好得很，惟独……这只猫的确有那么一点不对劲。

一天傍晚，我再度去为它作检查。“它体重减轻了。”

贺非先生点点头：“是啊，我也这么认为。它胃口还可以，就是吃得没以前多了。”

“再给它配几天药试试，”我说，“如果还不见好，那就得带它回诊所做彻底的诊疗。”

我有种不祥的预感，病情不可能就此好转，于是有天晚上我带了猫笼到店里去。阿福体型太大，塞进笼子煞费周章，所幸它对这番折腾并没有反抗。

在诊所我替它抽了血，照了 X 光。片子非常干净，验血报告也完全正常。

按理说，应该没问题，但对实际状况毫无帮助，它的病情每况愈下。接下去的几个星期就像一场噩梦。从窗子窥探小店里的情景现在已变成我每天的一大折磨。大猫阿福仍守在原位，只是越来越瘦，瘦得几乎都不像它了。我用尽各种药物和疗法，却收不到半点功效。我让西格检查它，西格的看法跟我一样。依这种持续瘦弱的情况看来，很像是体内长肿瘤，可是再怎么照 X 光片也照不出什么异象。这期间，阿福被“整”得很惨，不断测试，不断地挤压它的腹部，它却不曾表示过一丝丝的不耐烦。它把这些看得稀松平常，将一切都照单全收。

另外还有一个因素使已经令人沮丧的情况变得更坏。贺非先生本人也在紧张的压力下越来越颓丧。他整个人瘦掉一圈，原本福态的赘肉不见了，原本红润的面颊如今苍白而凹陷；更糟糕的是，连他那精彩夸张的销售方式似乎也离他而去了。

那天我不看窗内的情景，直接挤进店里，看到的是一幅令人心痛的画面。贺非先生直着腰，做买卖的时候连个笑容也没有，没精打采地把糖果塞进袋子，嘴里不知所云地咕哝一两句。洪亮的声音、顾客间快乐的闲扯全没了，小店里弥漫着一股怪异的沉默，感觉上就和其他糖果店一般无二。

最悲哀的景观莫过于阿福。它依旧勇敢笔挺

地坐在老地方，瘦得叫人不敢相信。它的毛已失去原来的光彩，两眼无神地瞪着前方，仿佛不再有任何事能引起它的兴趣。它就像一只稻草扎的假猫。

我无法再忍受了，当晚便去看杰夫·贺非。

“今天我看见你的猫了，”我说，“它的情况恶化得厉害。有没有发现什么新的征兆？”

贺非先生迟钝地点点头：“有。其实我正准备拨电话给你。它有些呕吐。”

我的指甲掐进手掌心。“果然，各种迹象都显示它体内出了问题，坏在我就是查不出来。”我弯下身子抚摸阿福，“我真不愿意看见它这副模样。看看这身毛，本来很亮的。”

“对啊，”贺非先生附和着，“它是在自暴自弃。现在它从来不清理自己，好像嫌烦似的。以前它对这件事最起劲了——每天舔啊舔的，可以舔上好几个钟头。”

我瞪着他。这句话在我心里激起了一些火花。“舔啊舔的，”我沉思，“没错……的确没有一只猫像阿福那么爱清理自己……”火花忽然变成火焰，我猛地坐直身体。

“贺非先生，我想做一次试探性的剖腹！”

“什么意思？”

“它肚子里可能塞了毛球，我要把它剖开来印证一下。”

“剖开它的肚子，你是说……”

“对。”

他一手捂着眼睛，下巴抵在胸口，半晌不动。然后用一对疑惑的眸子看着我，“我，我不知道。我没想过。”

“我们一定要想个办法，否则猫会死。”

他弯下腰，一遍又一遍地摸阿福的头，不看我，哑着声音问：“好吧，什么时候？”

“明天早上。”

第二天在手术室里，我和西格弯身看着这只睡着的猫时，我的思潮起伏不定。最近这一阵子我们常做一些无关紧要的小手术，对结果都有十成的把握。这次的感觉却像是在探索未知。

我割开它的外皮、腹肌和腹膜，就在朝横膈膜推进的时刻，我觉得它胃里有一团糊糊的东西。划开胃壁，我的心欢腾起来。所有麻烦的原因就在这里，一大团乱七八糟的毛球，一种 X 光照不出来的东西。

西格咧开了嘴：“哈，这下全明白了！”

“对，”我松了一口大气，“这下全明白了。”

毛球不止一团。在我清除完它的胃，缝好线之后，又发现许多比较小号的毛球撑在肠子里。这些都得一并清除，肠壁也有好几处粘连。我最不喜欢这种现象，这表示病人随时会因此而陷入精神异常或休克状态。好在结局圆满，能看见的只剩它皮肤上一道齐整的缝线而已。

我送阿福回家，它的主人几乎不忍心看它。最后他怯怯地朝这只麻醉未醒的猫瞥了一眼：“它会不会活？”声音像耳语。

“机会很大，”我回答，“它动了几项大手术，可能需要一段时间才能恢复。不过它年纪轻，身体又壮，应该没问题。”

我看得出贺非先生并不很相信我的话，这在往后几天获得了证实。我不间断地到糖果店后面的小房间替阿福注射盘尼西林，而贺非先生抱定了阿福必死无疑的决心。

贺非太太倒很乐观，她只是对自己的丈夫很担心。

“他不肯往好处想，”她说，“那都因为阿福成天躺着不动。我一再告诉他，这猫要跑要跳总得过一段时间，可是他根本不听。”

她眼神焦虑地看着我，“他精神越来越坏，哈利先生，像变了个人似的，有时候我都不知道他还会不会变回原来的样子。”

我从门帘往店里张望。贺非先生在那里的一举一动活像个机器人，形容憔悴，面无笑容，死板板地把糖果递给顾客。即使是开口说话，他也是冷淡地发出一个单音；更令我震惊的是，他的声音已经完全失去原来的音质。贺非太太说得没错，他真是变了一个人。我接着想，如果他一直照这样下去，他的顾客会变成怎样呢？目前他们的忠诚度还维持原样，可是我相信很快就要开始“转台”了。

情况慢慢好转的前一个星期，我走进小玄关，阿福不在里面。

贺非太太从椅子上跳起来。“它好多啦，哈利先生，”她激动地说，“吃得下，而且一心想往店里跑。它现在就跟杰夫在前面。”

我再次躲在门帘后头偷看。阿福果真已经在它的原位了，很瘦，却坐得很挺。反倒是它的主人看不出任何好转。

我转回小玄关：“贺非太太，我用不着再来了。你们的猫恢复得很快，过不久就可以完全好了。”对阿福我有相当的把握；对贺非先生，我不敢保证。

这个期间适逢产小羊的季节，接生的工作和生产小羊之后的种种麻烦压得我透不过气来，年年如此，迫使我无暇再分心其他的病人。我到小糖果店替海伦买巧克力至少已经是三个礼拜以后的事。小店客满，我往里面挤的同时，所有的恐惧立刻涌了上来，我紧张兮兮地瞧着男人和猫。

阿福，又恢复以往的壮大威风，坐在柜台的一端像个国王。贺非先生两手撑在柜台上，专注地盯着面前的一位女士。“据我的了解，哈太太，你是要找一种更软的软糖。”浑厚的声音回响在整个店里，“会不会是土耳其软糖？”

“不是，贺非先生，不是那个……”

他把头垂到胸口，十二万分用心地研究着亮晶晶的柜台面，然后抬起头，凑近女士的脸：“方块软糖？”

“不是……不是。”

“麦芽糖？牛奶软糖，薄荷奶油夹心？”

“不是，都不是。”

他直起身，碰到棘手的了，他抱着两条胳臂，瞪着前方，深吸一口气。这些都是我最熟悉的动作，我看得出他又变回了从前那个魁梧的大个子，又有宽阔的肩膀、红润富态的脸孔。

思考不得要领，他鼓起下颚，仰着脸，向天花板追寻灵感。这时我注意到阿福也在朝上看。

贺非先生姿势不变，全场鸦雀无声。只见一抹微笑慢慢地、慢慢地漫上了他高贵的五官。他抬起一根手指：“夫人，我肯定猜中了。白白的，你说……有时候粉粉的……很松。听我的建议……棉花糖。”

哈太太一拍柜台：“对，就是它。贺非先生，我就是想不起它的名字。”

“哈哈，我也是！”店主洪钟似的声音直冲屋顶。他大笑，女士们大笑。我敢肯定，阿福也在大笑。

一切都恢复了原状。小店里人人快乐无比——贺非先生、阿福、女士们以及绝不可少的吉米·哈利。

# 夜夜交际的小猫奥斯卡

那是个冬天的夜晚，当我和海伦正打算入睡时，屈生的喊叫声从遥远的楼梯下传上来。

“吉米！吉米！”

我爬起来，把头伸出窗外：“什么事，屈生？”

“抱歉打扰你，吉米，你能不能下来一趟？”那张向上仰着的脸仿佛很急的样子。

我一步跨两阶地跑下去。上气不接下气地下到一楼时，屈生从屋后的诊疗室里伸出脑袋向我招招手。一位年轻女孩正站在手术桌旁边，她把手放在桌上一张微微鼓起的毯子上面。

“是一只猫。”屈生说着，把毯子掀起来一下。我看见下面是一只大型的花猫。我说它大，只是指假如它身上长了很多的肉的话，可是我看到的却是一根根明显的肋骨。我用手摸了摸那张一动也不动的皮毛。

屈生清清喉咙：“吉米，还不止这些！”

我好奇地看看他——这是他头一次这么正经。他轻轻地把猫翻过来，让它肚皮朝天。它的腹部裂了长长一道口，沾满泥巴的肠子吊在伤口外面。我吓得还没来得及问清原因时，那位女孩就先开口了。

“我看见这只猫坐在布朗先生院子附近。我发现它很瘦，而且有点过于安静，于是蹲下来拍拍它，然后我就发现它受了重伤。我立刻回家拿了张毛毯，把它包起来送到你们这儿。”

“你做得很对。”我说，“你知不知道这是谁的猫？”

女孩摇摇头：“不知道。我觉得它像是走失了。”

“我也这么想。”我把视线移开那恐怖的景象，“你是马格丽，对不对？”

“嗯。”

“我跟你爸爸很熟，他是这里的邮差？”

“嗯。”她正要笑，嘴唇突然又合拢了。

“我想我该走了。你们会结束它的痛苦，对不对？我想……谁也救不了它了吧？”

我耸耸肩，又摇摇头。女孩的眼眶里滚着泪水。她伸出手摸摸猫，然后很快地转身走出去。

“谢谢你，马格丽，”我在她离去的身影后追了两步，叫道，“不要担心——我们会做妥善处理的。”

随之而来的是几分钟的沉默。屈生低头看着破碎的猫体——在手术灯下，他能够看得非常清楚。

“你认为它是怎么变成这样的？”屈生过了好久才开口，“给车轧的？”

“也许，”我回答，“也可能是其他任何原因。给狗咬了，或给人踢了……”人类对猫可能做出各种暴行！因为很多人天生就痛恨它们，而以踢打它们为荣。

屈生点点头：“管它呢，反正事情已经发生了。它一定饿了很久。它瘦得只剩骨架了，我打赌它一定迷失了好几里路。”

“屈生，”我说，“咱们只有一个法子——它的肠子都破了，可能已经没有希望了。”

屈生没有说什么，只是边吹气，边用食指尖在猫的脸颊上划。可是说也奇怪，猫儿凹陷的胸口里竟然发出了微微的喵喵声。

他看看我，眼睛圆圆的。“老天，你听到了吗？”

“是啊……简直不可思议。它的生命力很强。”

屈生低着头，继续原先的动作。我知道他的感受。尽管他这一生大部分的时候都是乐观幽默的，而且对什么事都不在乎的样子，可是有一点他瞒不过我，那就是他特别在乎猫。即使是今天，我们都已经60岁了，他还是会借着喝啤酒的时候跟我谈起一只他养了好几年的猫。说起来这也是微妙的事，总之屈生只要看到猫，就会发自内心地想去逗它们，而猫儿看到他也会表现出特别友善的样子。我深信这些都是出于真情。

“没有用，屈生，”我很婉转地说，“咱们一定要做该做的事。”说完，我走到旁边拿针筒，可是内心中另一个自我却在阻止我把针头扎进这么瘦的皮毛里。

“拿一块布洒些乙醚盖在它鼻子上，它就会很舒服地离去。”我说。

屈生一言不发地拿起一瓶乙醚，慢慢地将瓶盖扭开。可是毛毯下又传出了叫声。那声音先是很微弱，接着就越来越大声，就像由远驶近的汽车引擎声一样。

屈生像是在霎时间变成了石像。他紧握着药瓶的手停在半空中，两眼直瞪着隆起的毯子。

最后，他转过来看我一眼，并咽咽口水：“我不喜欢这么做，吉米。我们不能想什么法子吗？”

“你是说……把那些玩意儿再塞回肚子里？”

“嗯。”

“可是它的肠子都破了，就像漏勺一样。”

“我们可以把它缝起来，是不是？”

我掀开毯子又看了看：“坦白说，屈生，我简直不晓得该从哪儿下手，而且伤口这么脏……”

他没说话，只是继续很平静地看着我。我是个不需要怎么说服的人。被屈生那样的眼光一盯住，我就知道他还不想洒乙醚了。

“好吧，”我说，“我们试试看。”

在麻醉面罩同氧气罩的帮助下，我们用温热的盐水把露出来的肠子洗了一遍又一遍。我发现不管洗得再仔细，你都无法除净每一粒沙子。然后，我们开始了漫长而痛苦的缝合工作。想到这儿，我要感谢上帝赐给屈生那么纤细的手指，使他能够很巧妙地缝合肠壁上的每一个细孔。

两个小时以后，我们把整圈的肠子塞回腹腔里。缝合肌肉和表皮时，我才感觉到它的腹部胀得紧紧的，至少它看起来比刚才胖了一点点。这时，我为原先想逃避毛毯下那一摊乱糟糟的东西而羞愧。

“屈生，它又活了。”我在我们洗工具的时候说，“咱们只好把它放在杀菌箱里，祈求上帝保佑它。”

门推开了，海伦走进来：“吉米，什么事耽搁这么久？”她走到手术桌旁边，看着桌上昏睡的猫儿，“好瘦好可怜的小猫，它只剩一把骨头了。”

“幸好你没看到我们一走进来时所看到的。”屈生把洗好的工具放进消毒器里，“现在的样子好看多了呢。”

她摸摸猫儿的颈背：“它伤得很重吗？”

“恐怕是的，海伦。”我说，“我们已经尽了最大的努力……不过，我想它的机会还是不大。”

“噢，多可怜！看它长得多可爱！”她伸出手摸它又细又柔的毛。

屈生点点头说：“它的血统好极了。”

海伦笑了一下，但是我看得出她有点心不在焉的。她想了一会儿，匆匆走到储藏间，回来的时候手上多了一个空纸箱。

她若有所思地说：“唔……唔……我可以在纸箱里为它铺个床。吉米，今晚它和我们一起睡。”

“哦，是吗？”

“嗯。它一定会觉得很温暖，对不对？”

“是的，当然。”

稍后，我躺在床上看着卧房里和谐的画面：山姆趴在篮子里，占据了炉火的右边；猫儿身上盖了毛毯，蜷曲在纸箱中——它在炉火的左边。

我渐渐飘入梦乡之前，心里感到很舒逸，因为我的病人正安详地睡着。可是另一方面我又实在担心它能不能活到明天。

我知道它至少活到了早晨7点，我醒来的时候正听到海伦在和它讲话。我穿着睡衣拖着脚步走到纸箱旁边和猫儿对看了一会儿。我轻搓它下巴的时候，它只是张开嘴，身子并没有动。

“海伦，”我说，“这只猫的肠子刚缝好，只能吃流质的东西，也许要过一个多礼拜才能正常进食。有空的话尽量用汤匙喂它牛奶。”

“好，好。”她脸上又是沉思的表情。

以后的几天之中，她不仅喂它牛奶，还喂肉汁、蔬菜汁和最有营养的婴儿食物。海伦每天喂食的时间都很固定，以至于我吃午餐时，她一定跪在纸箱前面。

“我们就叫它奥斯卡好了。”她边喂边说。

“你是说我们要养它？”

“是啊。”

我很喜欢猫，只是我们狭小的卧室里有一个山姆已经够挤了。我似乎可以想见未来的混乱，不过，我还是决定随海伦的意思。

“为什么要叫奥斯卡？”

“我也不知道。”海伦把满满一汤匙的灰色汁液送进鲜红的小舌头里面，并且很关心地看着它吞咽。

我最喜欢女人的深不可测，所以我也没有追问她。我很高兴让事情自然发展下去。养奥斯卡并不是容易的事，我必须每隔六小时换一次药，而且每天早晚各量一次体温，以防止并发症。此外，它大概是肠胃不适应，每天都要吐个好几回。

奥斯卡的动物本能似乎在告诉它没事尽量不要乱动，因为它成天趴在纸盒里一动也不动。当我们靠过去看它时，它也只是小声地叫一声。

奥斯卡的叫声很快就成为我们生活的一部分，

最后，它终于可以爬出纸箱在屋里游荡，并享用跟山姆一样的晚餐——肉和饼干。这真是胜利的一刻，我相信它也有同感。

看着那副瘦骨架愈变愈丰满，实在是最令人欣慰的事。它不断地吃最好的食物，身上也不断地长出新肉来。还有它的毛色也变成发亮的灰与黑。我们家里所养的已是一只健康美丽的大猫了。

奥斯卡渐渐恢复的期间，屈生自然也是我们的常客。

每次一来，他就浑然忘我地和猫儿玩起来。很显然，他一定觉得——事实也是如此——是他救活了这只猫。屈生最喜爱的游戏就是把脚伸过去，然后在奥斯卡扑上去前，再迅速收回来。

而奥斯卡也并非那么轻易被戏弄的猫。我觉得它的愤怒是合情合理的，因为屈生一再用同样的方法欺骗它。有一天晚上，奥斯卡埋伏在桌子下面，在屈生还没来得及开始耍老把戏之前，它就先发制人扑上去，一爪正好扫中屈生的脚踝。

山姆也是奥斯卡的最佳玩伴，它们很快就成了至死不渝的密友。猫儿是很爱用爪子洗脸的动物，过了不久，山姆也从它那儿学到了这个好习惯。

奥斯卡顺理成章地成了我们家的一员，直到几个礼拜以后的一天，我从外面出诊回来，发现海伦的脸色很难看。

“发生了什么事？”我问。

“是奥斯卡！它走了！”

“走了？说得再明白一点！”

“吉米，我想它是跑了。”

我直瞪着她：“它不会的。它常常跑到楼下的花园里去玩……你确定它不在那儿？”

“百分之百确定，我找遍了院子的每一个角落，甚至还在镇上绕了一圈。还有，别忘了，”她的下巴微微颤抖了几下，“以前……它也从别的地方逃跑过。”

我看看手表：“10点，这就怪了，它不该在这个时间跑的。”

我刚说完，门铃就响了。我快步冲下楼梯。在甬道的转角口上，我看出玻璃后面是牧师的妻子海斯太太。我拉开门，看见她手上抱着奥斯卡。

“我想这是你的猫吧，哈利先生？”她说。

“是啊，海斯太太。你在哪里发现它的？”

她笑了一下：“说来很奇怪。我们正在教堂聚会，发现它坐在椅子上。”

“坐在？”

“是的。就好像它也在听布道似的。事后我觉得我该亲自把它送还给你。”

“实在感激不尽，海斯太太。”我把奥斯卡接过来挟在腋下，“我太太还在难过呢，她以为它走失了。”

它的出走是个谜。为什么它会突然不告而别？不过幸好之后的一个礼拜里，它对我们忠心的态度都没有改变，所以我们也就没把这件事放在心上。

有天晚上一位客人带他的狗来诊所打疫苗，走的时候没有把门关上，我回到楼上才发现，奥斯卡又跑了。这回我和海伦远征到市场和那附近的小暗巷，可是几个钟头以后，我们还是沮丧地回到家。11 点时，我们决定先上床睡觉，等天亮再说，可是门铃又响了。

又是奥斯卡，它正趴在牛先生的怀里。牛先生张口说话时，随风飘进一股很浓的啤酒味。

他很仁慈地冲我笑着说：“给你送猫来了，哈利先生。”

“谢天谢地！”我感激地接过奥斯卡，“你在哪儿发现它的？”

“唔……事实上，是它找到我的。”

“怎么回事呢？”

他闭上眼，过了好久才小心地说：“今晚是个大日子，你知道的，哈利先生，掷飞镖的冠军在‘狗和枪’颁奖。好多好多人都聚在那儿喝酒。”

“我们的猫也在那儿？”

“对！”牛先生神秘地咯咯一笑，“老天，它真快乐。我不断把杯子里的啤酒分给它喝，把它乐坏了。有一度，我还以为它要站起来掷飞镖呢……只可惜它

是猫。”他高兴地笑了起来。

我抱着奥斯卡上楼时，心里百思莫得其解。像它这样随随便便就出走，实在造成我和海伦很大的困扰。我甚至觉得寝食难安。

我不必等多久就碰到了第三次。隔了三天，它又不见了。这回我和海伦都放弃出去搜寻——我们只是坐在家里等。

这次它回来得比前两次要早一点。9点钟左右，我听到门铃响。打开门后，辛太太站在外面，她并没有抱着奥斯卡！它正坐在门垫上等着进来。

辛太太很感兴趣地看着奥斯卡进门，然后自动走上楼梯。“好极了，我很高兴看到它平安回家。我知道这是你的猫，所以一晚上我都对它的行为感到很好奇。”

“请问，是在哪里？”

“哦，在妇女协会。我们聚会刚一开始，它就进来，直到结束还不肯走。”

“真的？对了，辛太太，今晚你的节目是什么？”

“我们开了会员大会，然后水利局的华特先生为我们放幻灯片，最后嘛……就是比赛做蛋糕。”

“是的……是的……那么奥斯卡都在做什么？”

她笑着说：“和我们打成一片。很显然它对幻灯欣赏和蛋糕特别有兴趣。”

“是的。你没有带它回来？”

“没有。它自己回来的。你知道，我到你这儿只是顺道。我按铃是想确定你知道它回来了。”

“太谢谢你了，辛太太。我们正在发慌呢。”

我走上楼梯，看见奥斯卡在海伦膝盖上。她正在摸它。我笑了出来。

“我知道奥斯卡了。”我说。

“知道它什么？”

“为什么它常在晚上出走的事。它不是逃走——它只是出游。”

“出游？”

“是啊，”我说，“你看不出来吗？它只是爱串门子，爱凑热闹。它对别人的聚会特别感兴趣。它是个天生的交际花。”

海伦低下头看她腿上那一团可爱的软毛。“是啊……不，应该说是交际名流！”

我和海伦都笑了，奥斯卡很快乐地轮番看我

们，后来它索性喵喵叫着凑热闹。自从猫儿走失以后，海伦一直焦急地踱步子，现在它又平安回来了。我和海伦的笑声自然也含着解除烦恼的意味。

从那天起我们更深爱它，因为它可爱奇特的个性给我们带来无数的欢笑。同时，它也继续不遗余力地参加各种社交场合，它成了各种聚会中不可或缺的出席者。学校的音乐会、拍卖会、童子军会议……到处都可以见到它的影子。大多数的时候，它都是极受欢迎的，可是只有一次，它被扔了出来！那是在乡村计划会议场上。主持会议的先生实在不太习惯看到会议桌上坐着一只猫，所以才出此下策的。

起初，我为它终日在街上乱窜很担心，可是有几次我无意中在街头看到它过马路时，竟然像人类一样左右兼顾，然后才快步通过。很显然它相当有交通常识——凭这一点我可以相信它从前那次受伤绝不是由于交通事故。

就这样，奥斯卡在我们家快乐地居住下来。它成了我们欢笑的根源，也打发了我无数的休闲时间。

直到有一天，完全意想不到的事情发生了。

我在诊所看了一天的病，晚上收班前我探头往候诊室瞥了一眼，看见一个男的和两个小孩。

“下一位，请进。”我叫道。

那位中年男士站起来，他没有带任何动物。看那粗糙黝黑的皮肤，我想他一定是位农夫。他紧张地玩弄手中的布帽。

“哈利先生。”他说。

“是的，有何贵干？”

他吞吞口水，然后直直看着我的眼珠：“我想是你拿了我的猫。”

“什么？”

“我的猫丢了很久了，”他清清喉咙，“我们原来住在米斯顿，后来住在威德利的一位何恩先生雇我帮他们耕田，我们就搬过去住。我的猫就是刚搬去的时候搞丢的，我想它是想走回老家，但是迷路了。”

“威德利，那是巴村的另一端，距这儿至少有30英里。”

“我知道，对猫来说，这并不算远。”

“可是你怎么晓得你的猫在我这儿？”

他更加不安地转弄帽子：“我有个表哥住在德禄，他常常看到我的猫参加会议。我们为了它找遍

了各地。”

“好吧，”我说，“那么请你告诉我它长得什么样子。”

“灰色和黑色，长得很健美。很喜欢凑在人多的地方。”

一只冰凉的手抓住我的心。“你最好上楼来！带着你的孩子一起。”

海伦正在加炉火里的柴。

“海伦，”我说，“这位是……唔……抱歉，我还没问你尊姓大名。”

“季，季西本。别人都叫我季老七，因为我在家里是排行第七。这两个小家伙是我最小的孩子。”两位男孩显然是双胞胎，他们大约八岁左右。

我真希望我的心脏能冷静点，不要跳得这么激烈。“季先生认为奥斯卡是他的。不久以前，他的猫搞丢了。”

海伦放下手中的钳子：“哦……哦……是的。”她僵直地站了一会儿，然后勉强地笑笑，“请坐，奥斯卡在厨房里。我去带它过来。”

过了一会儿，她抱着猫走过来。她还没穿过门槛，两位孩子就嚷嚷起来了。

“小虎！”他们叫道，“哦，小虎！小虎！”

那位农夫的脸颊像是从内部透出了光芒。他三两步走上前去，用那粗大的手抚摸猫儿的软毛。

“老家伙，”他说，接着，他以容光焕发的微笑面对我，“是它！哈利先生，就是它，一点也没错。”

“你们叫它小虎？”我说。

“嗯。”他很高兴地回答，“因为它身上的斑纹像老虎——孩子们给它取的。它走丢了以后，孩子们的心都碎了。”

两位孩子倒在地板上打滚时，奥斯卡也加入他们。它兴奋地用爪子搔他们，还不时喵喵叫着。

季先生又坐下来：“过去在家里它就经常这样。它可以和孩子们玩上几个小时。天呐！我们真想死它了。”

我看看他那绽出白线的帽檐，又看看那张尊贵、诚恳、坦率的“约克郡”脸——这就是我日常生活中最常见到也最尊敬的脸孔。像他这样的农夫一个礼拜的收入只有30先令——这一点可以从他磨得发亮的袖口、抽了线的夹克和开了口的雨鞋看出来。当然，那两个穿着兄姐们流传下来的旧衣服的孩子也是最好的证据。

可是他们三人都那么干净、整齐。那男人的脸透着红光，孩子的头发很整齐地梳向一边。他们都是贫苦而善良的人，我不晓得该说些什么。

倒是海伦替我开了口："那么，季先生……"她的音调很不自然，"请你把它带走好了。"

那人犹豫了一下："真的，哈利太太，你决定了？"

"当然。它本来就是你的嘛。"

"我知道，可是有人说谁捡到就是谁的。我来这里并不是一定要把它带回去的，我只是……"

"我知道你不是，季先生，可是你养了它这么多年，而且你也找它找得这么辛苦。我们怎么可能抢着不放呢？"

他赶紧点点头："对，你说得对。"他又停了片刻，脸上的表情变得严肃起来。他把奥斯卡抱起来说，"如果我们要赶8点的车的话，我们差不多该走了。"

海伦向他靠近一步，把猫儿的头托在手心上，然后很稳地看着农夫，“你们会好好照顾它的，是不是？”

“太太，你放心好了，我们会的。”两位孩子在旁边仰起头说。

“我送你们下楼，季先生。”我说。

下楼梯的时候，我还用手指逗逗趴在季先生肩上的猫儿。我们在门口的台阶上握过了手，然后挥手道别。我一直看到他们三人和那只搭在主人肩上往后看的猫儿都消失在街角，才回头走进屋里。

我上楼的习惯一向是一次跨好几阶，而这次我却像老头一样地慢慢爬上去，同时，我觉得喉咙又干又紧，呼吸也不很顺畅。

我责骂自己是个太情绪化的傻子，可是推开我们卧室的门以后，我找到些许慰藉。海伦颇能处之泰然。从那只猫来到我们家以后，海伦日日夜夜都在照顾它，因此它和海伦的感情也特别好。原先我以为像这样出乎意料的分离一定会使海伦伤心欲绝，可是事实并不如此。她表现得冷静、理智极了。你永远也搞不懂女人——不过谢天谢地。

现在我该做的就是如何来配合这屋里的气氛。

我把嘴角调整出适度的微笑，然后轻松地走进屋里。

海伦站在窗口向外看，我走过去搂住她的肩。如果不是我心情这么糟的话，我一定能够说些话让两个人都高兴一点的。

这种事很快就能够复原的。我们告诉自己，毕竟奥斯卡并不是死了或走失了——它是到了一个知道如何好好照顾它的家庭里。事实上，那才是真正的回家。

何况，我们还有山姆。奥斯卡刚来的时候它似乎很担心自己会失宠。每次一看到炉火边的纸箱，它就无奈地叹口气，然后知趣地钻到桌子底下趴着。其实我们对山姆的爱并没有改变，它仍旧是我们的精神寄托。

还有一点，那就是我一直在脑海中酝酿着一个想法，当时机恰当时，我就会向海伦提出来。大约一个月以后的一个晚上，我和海伦到巴村看电影，散场出来的时候，我看了看表。

“才 8 点，”我说，“怎么样，要不要去看奥斯卡？”

海伦吃惊地看着我：“你是说开到威德利去？”

“是啊。才五里路嘛。”

她脸上渐渐扩展开一丝笑意："这倒是个好建议。你想他们会不会介意？"

"季家人？不，我确信他们不会。咱们走吧。"

威德利是个大村庄。季家的土墙屋就在卫理公会教堂边上。我推开花园的矮门，走进季家的院子。

一位像是很忙的矮妇人打开屋门。她正拿了一块干布擦手。

"季太太？"我问。

"是的，我就是。"

"我是吉米·哈利，这是我妻子海伦。"

她的眼睛不解地瞪着。显然我的名字对她并没有什么意义。

"我们曾经养过你的猫。"我又加了一句。

她突然笑了起来："哦，我记起来了。西本跟我提过，快请进，请进！"

眼前的厨房兼客厅构成了典型周入30先令并有六个孩子的家庭的画面：破旧的家具，乌黑的锅炉，堆满一盆的脏衣服。

季先生从炉火旁边的木椅上站起来，戴上一副金边眼镜，然后走过来和我握手。

他向海伦指指旁边一张快要散掉的椅子："能看到你们真是太高兴了。我还经常向我妻子提到你们呢。"

季太太把毛巾挂起来："很高兴你们来。我去倒茶。"

她笑着把一桶泥水提到角落说："我正在给孩子洗球衣。他们好像永远嫌衣服不够脏似的。"

当她正在冲茶的时候，我偷偷向四周瞄了一眼——同时我发现海伦也在这么做。可是我们白找了，这屋里根本不像是有猫的迹象。该不会是它又逃跑了吧？

我一直到茶端来了才敢提出自己的疑问。

"小虎怎样了？……它还好吧？"我发现我的音调有点奇怪。

"哦，它好极了。"矮妇人很轻快地回答。她抬头看看墙上的钟，"它快回来了，你们随时都可能看到它。"

季先生竖起一根指头："我想我听到它的声音了。"

他走过去打开门，我们的奥斯卡大大方方走进来。它看到海伦时，先愣了一下，然后跳进她怀里。海伦高兴得惊叫一声，赶紧把茶杯放下来抚摸奥斯卡。

“它认识我，”她喃喃地说，“它还认识我！”

季先生点头笑着说：“当然，你对它那么好，它怎能忘记！就连我们也不会忘啊，是不是，孩子他妈？”

“哈利太太，我们永远不会忘的。”季太太说，“你们都是好人，希望有空常来我们家看小虎。”

“谢谢你。”我说，“我们很乐意——我们会时常到巴村来。”

我靠过去用手指挑挑奥斯卡的下巴。“对了，现在都9点多了，刚刚这半天，它都上哪儿去了？”我问季太太。

她抬起头，眼光盯着天花板想了一下。

“我想想看，”她说，“今天礼拜四，对不对？今晚是参加瑜伽班上课。”

# 群猫聚集的家

“我是为猫工作的。”

这是我头一次拜访庞太太时她说的第一句话。她抓着我的手，伸着下巴打量我，一副要向我挑战的样子。她身材魁梧，颧骨高耸，颇有大将之风。面对这样的人你最好多点头、多微笑。

一进屋子，我就发现她说的一点也不过分，因为放眼望去，她家全是猫，地毯上、沙发上、餐桌上全都趴满了猫，更甚者，窗台上的猫还整齐地排坐成一列。我在猫群中看见面无人色的庞先生坐在那儿看报纸——他的身材很小，不注意看很不容易发现他。

那些猫显然大部分都是未阉割过的雄猫，因为屋里弥漫着刺鼻的腥臭味。而可怜的庞先生永远像猫海中的孤岛，静坐在椅子上看他的报纸。

当然，我很早就听过庞家的事了。他们原来住在伦敦，后来不知何故，看中了北约克郡，于是买了一栋房子以安度退休后的晚年。人们说他们“口袋里还有几个”，因此夫妇俩成天和他们的猫闲在

家里。我也听说庞太太有收养走失的猫的习惯。这让我钦佩不已，因为这些野猫时常会成为一些无聊人的猎物。他们以射猫为乐，要不就用石头砸它们，或让自己的猎犬去戏弄它们。能有这么仁慈的太太来收留它们，当然是很令人欣慰的。

今天，我的患者就是一只黑猫。

“它是‘室外猫’。”庞太太的说话声跟打雷似的。

“室外猫？”

“嗯。你所看见的都是‘室内猫’。室外还有一大群，它们大部分是野猫，不愿意进到屋子里，因此我就让它们住室外，只有生病的时候才弄进来。”

“原来如此。”

“要抓这家伙可真不容易。我很为它担心，它的眼睛里长了一层皮，希望你能医好它。对了，它叫阿飞。”

“阿飞？哦……这名字很好。”我小心地朝角落的小黑猫走去。它看到我把手伸过去时，立刻张牙舞爪准备迎战。

我发现问题很大，赶紧抽回手对庞太太说：“能不能麻烦你拿一大块布或什么的给我？我要把它包起来。”

“包起来？”她疑惑地看看我，但还是消失在另一间屋子的入口处。过了一会儿，她拿了一条破垫被走出来。

我把桌上琳琅满目的东西（有猫碗、猫的食谱、猫药和猫的日用品）推到一边，再把垫被铺好。我想各位都体会得出“欲速则不达”这句成语的含意。因此，我花了五分钟的时间边吹口哨喊着“乖，小猫咪”边把手一寸一寸地伸过去。当它的头已经进入我的射程之内时，我猛然抓住它的后颈，一把将它提了起来。那小子在空中枉然地挥着爪子，还不时地发出抗议的怒吼。

我把阿飞扔在垫子上，立刻把垫被卷起来。由于职业上需经常面对一些危险性很高的小动物，所以我对于如何防范颇有心得。我的法子是把动物卷起来，再把需要医疗的部位露在外面。我猜想现在庞太太该开始对我深具信心了，因为短短的几秒钟之内，小阿飞就只剩一个黑乌乌的头露在类似春卷的垫被之外而毫无反抗的余地了。

这一招小伎俩直到今天都为我的兽医同事们所

称颂："老哈利先生也许什么都不会，可是他确实是个包猫专家。"

我和庞太太大眼瞪小眼地站了半晌，但她除了惊讶之外，并没有打算夸奖我的样子。

我看了看阿飞的眼睛，正如我所想的，那里面并没有长什么皮。

"它的第三层眼睑麻痹了，庞太太。动物共有三层眼皮，阿飞的最内层眼皮大概失去控制无法睁开。至于麻痹的原因很多，也许是感冒，也许是情绪不好……这样好了，我先给它打一针维他命，再留些药给你拌在饭里面喂它。我想一两个礼拜之内就会好的。"

这一针打得很顺利，那只小黑猫除了用眼神表示愤怒之外，别无他法。

这回的初诊缔结了许多良缘，因为之后我渐渐地熟识了她家的每一只猫。庞太太所交付给我的什锦任务包括钻到木柴堆下抓"室外猫"，哄骗树上的野猫下来看病，及在花园的灌木丛中跟踪它们。这些固然超出了我该做的，可是我也在其他方面得到了补偿。

比方说，我借着她家的猫得知了许多体育名将的名字。为了表示像上流的伦敦人，庞太太给一部分的猫取了兵工厂足球联队诸明星球员的名字，诸如艾迪、克里夫、泰德、威尔夫……但有一位大将亚历山大却被她遗漏了，理由是他连续在三场比赛中都没有踢进球。

她有一套独到的办法把猫叫回家。我头一次看到她使出招数的时候是在一个夏天的傍晚。她要我检查的两只猫在花园中的某处，于是我和她一起走到后花园。突然，她停下脚步，双手交叉于胸前，两眼紧闭，嘴里开始哼着浑厚的女低音。

“贝蒂、贝蒂、贝蒂、贝——蒂。”事实上，她根本是用唱的。她的声音平和而稳定，而且是一口气唱完。接着，我看到她缓缓地吸足了一口气，开始又用那最富感情的声音唱着：

“贝蒂、贝蒂、贝蒂、贝——蒂。”

这一招竟然生效了，因为不一会儿贝蒂竟大摇大摆地从一丛月桂树后面走出来。现在还剩一只了，我以极大的兴趣等待着庞太太施展第二招。

她还是采用相同的步骤：吸气、闭眼、低歌。

这一回，她的脸上还加了微笑。

“七乘三、七乘三、七乘三、七——乘三。”虽然歌词不一样，但旋律却一点也没变。这一次并没有立刻奏效，因而她只好一遍又一遍地吟唱着，直到寂静的夜空中都布满了悠扬的歌声仍不肯罢休。

有志者事竟成，不久，一只肥硕的大母猫蹒跚地由墙边走出来。

“庞太太，”我试着用最平常的音调问，“我对刚才那只猫的名字感到有些困惑。”

“你说七乘三？”她神秘地笑了笑，“那是因为它生了七次的三胎小猫。你不觉得这个名字取得很好吗？”

“当然，当然，事实上这名字实在妙极了。”

还有件很令我感动的事是庞太太特别关心我的安全。通常，动物的主人们很少会在乎兽医的死活。我永远记得那回我被一匹凶悍的种马踢飞出去以后，它的主人急急忙忙弯下腰去检查爱马的蹄子有没有踢坏。另一回，当我面对一条龇牙咧嘴的阿尔萨斯犬的时候，它的女主人对我说：“你可别把它弄痛了！我不许你伤到它，你知道它的神经很脆弱，禁不起恐吓的。”

可是庞太太就不一样。每次我一进她家门，她就拿出一副长手套要我戴上免得被猫抓伤。我到庞家出诊的例行顺序是：穿过趴满了不计其数的室外猫的花园；在客厅门口受到庞太太的迎接，然后接过手套；进入客厅，并在群猫中找到庞先生那矮小的身影——当然他永远在看报纸。我一直搞不清庞先生对猫的态度，因为他一向表现得好像它们完全不存在似的。

那副手套有时候的确发挥了功用。比方说对付“玻璃”时，你就非戴手套不行。“玻璃”是室外猫中的顽劣分子，我时常怀疑它是从动物园中溜出来的。我从没有见过一只家猫像它这么泼辣的——它一定有美洲豹的血统。

它的出现是庞家其他的猫儿莫大的悲哀。我是个很不容易痛恨动物的人；大部分的时候，动物之所以会给我们带来不幸都是出于恐惧，但“玻璃”就不一样。它是个天生的恶棍，即使在冷静的时候也以伤人为乐。不仅如此，它还伤害同伴。自从它来到庞家后，我就得经常赶过去为受害的猫儿缝补伤口。

我永远忘不了那回与它肉搏的经过。那天庞太太要我喂它吃打虫药。我不记得自己是怎么抓着它的，总之，我像往昔一样地把它扔进桌上的垫被里，然后以闪电般的速度将它一层层地裹了起来。

这时，我发现它正用充满恨意的眼光瞪着我。当我把夹着药丸的钳子送进它嘴里的时候，我听到利齿摩擦金属的声音；同时，我感觉到它的四肢在垫被中挣扎的力量，几秒钟后，一只爪子撕破被子，从裂缝中挤出来并扫向我的手腕。我赶紧用手按住它的脖子，但它那一口洁白的牙齿已经透过手套嵌进我拇指根部的肉球里。“玻璃”咆哮了一声就逃走了，留下我站在那儿木然地瞪着鲜血淋漓的手指和被撕成碎条的垫被。从那时起它一见到我就露出不共戴天的神情。当然，这种感觉是相互的。

然而这次事件只是洁净天空中的一小块乌云而已。大部分的时候我还是高高兴兴地到庞家，平平安安地回诊所。

我去庞家看猫的事给我的合伙人知道后，立

刻受到了一些阻碍。原因是西格不相信任何家中饲养宠物的人，他觉得那些人的心智都有问题，并大力提倡他的学说。

然而，他自己却养了五条狗和两只猫。他每天一定亲自喂它们，绝不许任何人插手。晚上，他坐在炉火前的摇椅中看报时，七只小动物都会趴在四周的地上。每次出诊，那五条狗也必定挤在车中与他同行。尽管当他驾车的时候只见车厢里全是摇摆的尾巴，而家中另外还饲养了几缸的金鱼和几条蛇，但是，西格还是大言不惭地说他痛恨所有养宠物的人。

屈生只看过一次我到庞家出诊的情形。那天我正把长钳收进工具箱的时候，他推门走进来。

“有没有什么有趣的事，吉米?”

“没什么。我正要去庞家，有只猫的牙缝中卡住一根骨头。”

屈生上下打量了我一会儿才说：“我想跟你一块儿去，我好久没见过小动物了。”

当我们一同走进庞家的花园时，我感到阵痛般的困窘。我之所以能和庞太太建立起友谊是因为我

关怀她的小动物。即使是面对最凶残的恶猫，我也以耐心和爱心对待我的患者。这种温柔不是装出来的，然而，我不禁怀疑屈生对这种柔情会作何感想。

庞太太准备了两双手套，站在客厅门口迎接我们。屈生接过手套的时候似乎有点诧异，但他还是向庞太太报以感激的微笑。进了屋子后，看见每处都趴满了猫，他更感到诧异。

“哈利先生，很抱歉告诉你，牙缝给骨头卡住的猫是‘玻璃’。”庞太太说。

“玻璃！”我的胃缩成一团，“你要我怎么抓它？”

“这次我想出了较聪明的法子。”她回答，“我已经用它最喜欢的食物把它骗进猫篮中了。”

屈生把手放在桌上的篮子上：“就在这篮子里？”说完，他随手拉开猫篮的盖子。大约三分之一秒后，一个黑色的毛球从里面飞掠过屈生的耳际，降落在酒柜上。

“老天！”屈生说，“那是什么玩意儿？”

“‘玻璃’，”我说，“一只猫的名字。现在我们必须重新捕捉它。”我爬上椅子，慢慢地向柜顶接近。“猫咪，猫咪，小猫咪……”我用最迷人的声音叫着。

大约一分钟后，屈生像是想到了好方法，他突然跃起，一把抓住“玻璃”的尾巴。可是，他抓得太松了，以致那只巨猫挣脱了他，并像发疯似的在屋内狂奔。它越过衣柜，跳上窗台，最后又爬上书架……把屋里弄得一团乱。

屈生冷静地站在原地，当“玻璃”窜过他身旁的时候，他就用手中的厚石棉手套像打棒球般地扫向它。

“唉呀，没打中！”他沮丧地叫道，“没关系，它又来了……好球！……去你的，又没中！”

屋里其他原本相安无事的猫儿见到“玻璃”狂奔所制造出杯盘飞舞的效果，又受到屈生挥棒姿势及兴奋喊叫的刺激，也纷纷加入了狂奔的行列。它们追随“玻璃”，将它所遗漏的东西全部踢翻。这场混乱甚至引起了庞先生的注意，因为他居然抬起头向四处打量了一下，眼中露出最保守的惊讶之色，然后又低头继续看他的报纸。

这么一来，屈生更兴奋了，他看看满屋乱窜的猫，然后转过来对我说：“吉米，别急，我一定可以击出安打。”

当然，我们永远也无法再抓住“玻璃”。我只好期望那根骨头自己掉出来。我沮丧地钻进车里的时候，屈生却高兴得眉飞色舞。

“吉米，真了不起！我没有想到猫会这么好玩。”

下一回我再去庞家的时候，庞太太的嘴绷得紧紧的。

“哈利先生，”她说，“我希望你永远也不要带上次那位年轻人来了。”

# 阿里和小黄 1

“吉米，你看，那一定是只走失的猫吧？我以前从未看到过它。”海伦站在厨房的水槽前洗碗，指指窗外。

我们在海内里的新家坐落在田原斜坡上，窗外有一道及胸高的矮墙，墙外则是一片青草地，延伸到矮树丛，还有一间木仓库大约在二十米外。

一只瘦巴巴的猫虚弱地在树丛旁探视，在它旁边还蹲了两只很小的小猫咪。

“我想你是对的。”我说，“那是只迷途的猫和它的孩子，而且它在找东西吃。”

海伦将一碗剩肉和一些牛奶放到矮墙上面，然后又退回厨房。母猫等了好几分钟后，才万分谨慎地走上前来，用嘴衔了些食物，再回到小猫那里。

有好几次当它走回草地时，两只小猫也想跟来，但它却以爪轻挥，表示“退回去”的命令。

我们着迷地看着那只饥饿、瘦削的母猫将小猫都喂饱之后，才将碗中剩余的食物吃掉。然后我们静悄悄地打开后门。可是母猫一看到我们，便和它的小猫一起跑向田野去了。

海伦说："不知道它们是打哪儿来的。"

我耸耸肩："天晓得。这附近到处是田野乡间。它们可能是从好几里路外来的。而且那只母猫看起来也不像普通走失的猫；它有种野性。"

海伦点点头："是的，它看起来不像是一只家猫，也不像与人相处过。我听说过像那种住在外面的野猫。说不定它只是为了它的小猫咪才来觅食的。"

"我想你是对的。"我说着，和海伦一起走回厨房，"总之，那些可怜的小东西饱餐了一顿。我想我们再也不会见到它们了。"

但是我错了。两天之后，那三只猫再度出现，在同一个地方，由树丛间向外窥视，饥饿地望向厨房的窗户。海伦又喂了它们。那只母猫仍然强烈地禁止小猫离开树丛，而且当我们想接近它们时，它们又一次飞快地逃离了。第二天一早当它们回来时，海伦对我笑了笑。

"我想我们被领养了。"她说。

她说得对。那三只猫在仓库住了下来。

过了几天后，母猫允准两只小猫到碗边取食，一路小心翼翼地看着它们。那两只小猫还很年幼，大概才几周大，一只黑白相间，另一只则是玳瑁色的。

海伦喂食它们大半个月了，可是它们仍不准我们接近。然后，一天早上，当我要出门到诊所去时，海伦将我叫到厨房去。

她指指窗外："你怎么想呢？"我望向窗外，只见两只小猫仍照常蹲在树丛下，但母猫却已不见踪影。

"真奇怪。"我说，"以前母猫从不让它们离开自己的视线的。"

小猫在喂食过后因我的企图跟踪而跑开了；它们一跑进长长的青草之间，我便看不到它们了。虽说我在田野里到处找过，还是没找到它们或是它们的母亲。

我们再也没见到那只母猫了，海伦为此颇为苦恼。

几天后当小猫们在吃早饭时，海伦喃喃说道："它可能出了什么事呢？"

"什么都有可能。"我答道，"流浪猫的死亡率是很高的。它可能被车撞了，或者是遭遇了其他意外。只怕我们永远也不会知道了。"

海伦再次望向那两只蹲在一起吃食的小猫："你想它是不是遗弃了它们呢？"

"呃，那也是有可能的。它是只颇有爱心的母猫，所以我觉得它也许四处寻找，直到为它们找到一户好人家。它一直等到小猫足以自卫时才离开。说不定它现在又回到它的野地生活去了。它是只真正的野猫。"

那是个不解的谜团，但有件事是肯定的：小猫们永远留了下来。还有另一件千真万确的事：它们绝不可能成为家猫。我们虽多次尝试，却无法摸到它们，更别谈想要赶它们进屋了。

一个雨天的早上，海伦和我隔着厨房的窗户注视那两只小猫坐在墙上等待早餐。它们的毛湿透了，倾盆大雨使它们睁不开眼睛。

"可怜的小东西。"海伦说，"我受不了看它们在外面那样又冷又湿的。我们一定要让它们进来。"

"用什么方法呢？我们又不是没试过。"

"噢，我知道，但是再试一次吧。说不定它们会乐于进来避雨呢。"

我们弄了一盘碎鱼肉——猫儿无法抗拒的美

食。我让它们嗅了嗅；它们急切而饥饿。然后我把那盘鱼放在后门内侧，这才走开。可是我们隔窗而望时，只见那两只小猫一动也不动地坐在大雨中，眼睛紧盯着鱼看，却决心不走进那扇门。对它们而言，那简直是无法想象的。

“好吧，你们赢了。”我说着，将那盘鱼放到墙上，转瞬间便几乎盘底朝天。

我正丧气地注视它们时，本地的一名清洁工人赫伯·普拉转过角落而来。小猫们看到他便跑开了，赫伯大笑：“我看见你养了猫了。它们吃的可是好东西呢。”

“是呀，可是它们不肯进屋来吃。”

他又笑道：“是呀，而且它们永远也不会的。我认识它们那一家猫和它们的祖先已经多年了。母猫刚来时我就看到了。在那之前，它住在山坡那一头的老柯利太太那儿。我也记得它的母亲，住在比利·泰特的农场上。它们那一家猫，我可以追溯到好多年前呢。”

“天啊，真的吗？”

“是呀，而且我从未见过它们哪一只会进屋里去的。它们很野，真正的野。”

“呃，谢谢，赫伯。那解释了许多异象。”

他笑笑，拿起了垃圾桶：“那我走了，它们也好把早餐吃完吧。”

“海伦，原来是这样。”我说，“现在我们知道了，它们将会永远待在外面的，但是至少我们可以想办法改善它们的住处。”

我称之为木仓库之处，其实根本算不上是一间仓库。这儿虽有屋顶，却四面通风，一面完全敞开，另外三面则以相隔颇宽的木板条为墙。因为四面通风，所以这是个风干木头的好地方，但用来居住却不太合适。

我爬到青草坡地上，钉上一片挡风用的三合板，又在仓库内铺了一些干草为床，然后在干草床四周堆高木头当作防御用的围栏，这才向后站开，忍不住喘气。

“好。”我说，“现在它们在那儿应该够舒适了。”

海伦赞同地点点头，却更进一步地加以改善。在我的挡风板后，她放下一个敞开了一面的箱子，箱内铺了棉布垫。“这样一来，它们就不必睡在干草上了。在这个箱子里，它们会既舒服又温暖的。”

我摩挲着双手：“太好了。天气恶劣时，我们不必再担心它们了。它们会真心喜欢到这儿来的。”

从那一刻起，小猫们便开始抵制那间仓库。它们依然每天来吃饭，但是我们再也没见过它们靠近那旧住所了。

海伦说：“它们就是不习惯。”

“嗯。”我再次望向那放在一圈木头之中、铺了棉垫的箱子，“不习惯，或是不喜欢。”

我们又坚持了几天。然后，当我们猜想那两只猫可能睡在什么地方时，我们的决心开始瓦解了。我爬上坡去，将那圈木头围栏搬开。那两只小猫立刻回来了。它们绕着那个箱子嗅了嗅又推了推，却又跑开了。

我们站在有利的地点观察。我低声说：“看来它们也不喜欢你的箱子。”

海伦显得很灰心。“真傻的小东西，那箱子最适合它们了。”

但是又过了仓库闲置的两天之后，她出去了。我看见她怏怏不乐地走了回来，一手拿着箱子，棉

布垫夹在腋下。

不过几个钟头内，两只小猫就回来了，环顾仓库，如释重负。它们似乎并不反对挡风板，快乐地在干草上定居下来。我们想要制造一个猫的希尔顿饭店的尝试完全失败。

我意识到它们受不了被围住，或逃脱的路径被挡住。躺在那四周开敞的干草床上，它们可以看清四面八方；只要看到一点危险，它们便可以从木板条之间逃走。

“好吧，我的朋友，”我说，“那就是你们想要的。不过我要将你们的底细摸得更清楚一些。”

海伦给了它们一点食物。等它们专心吃东西时，我便偷偷爬上前，撒下一张渔网网住它们。在一番挣扎后，我得以看出玳瑁色的那只是母猫，而黑白相间那只则是公猫。

“好。”海伦说，“我要叫它们阿里和小黄。”

“为什么叫阿里？”

“我也不知道为什么，它看起来颇像阿里。我喜欢这个名字。”

“噢。那小黄呢？”

“就是赤黄色的简称嘛。”

“它又不是赤黄色的，它是玳瑁色的。”

“呃，它有点黄呀。”我没有再继续争辩。

其后的几个月里，它们长得很快，因而身为兽医的我很快便下了个决定。我必须为它们做绝育手术。那也是我第一次遭遇到这个使我忧虑多年的问题——如何对我甚至连摸都摸不到的动物行医。

第一次，当它们半大不小时，还不太困难。我再一次趁它们吃食时对着它们撒下渔网，然后将它们塞进一个猫笼里。它们从笼子里望着我的目光不但惊惶，也充满了控诉。

在手术室里，当西格和我将它们依序抱出来打麻醉针时，我注意到它们虽然因有生以来第一次被禁锢在一个封闭的空间里且被人类攫住、限制而受惊不已，它们却很容易控制。我们的许多家猫病患都会愤怒地抗争，直到我们使它们睡着为止。而爪与牙齿同为利器的猫，也真能造成相当程度的伤害。然而，阿里和小黄虽拼命挣扎，却从未试图咬人或露出脚爪。

西格简明地说出了重点：“这两只小东西吓坏

了，却绝对的温顺。真不知道有多少野猫是像这样的。”

在进行手术时，我俯视那两个熟睡的小身躯，觉得有些奇异。这些是我的猫，然而这是我第一次得以触摸它们，仔细检视它们，欣赏它们的毛皮和颜色之美。

等它们苏醒之后，我便带它们回去。我一将它们从笼子里放出，它们便朝木仓库的家跑去。一如这种小手术后的往常结果，它们并未显露出任何后遗症，只是它们对我显然有不愉快的记忆。接下来的数周里，当海伦喂食它们时，它们会挨近海伦，但一看到我却立刻逃跑。我想抓住小黄以拆掉摘除卵巢切口的那一道针缝线，可是一切的尝试都徒劳无功。那条线只怕会永远留着。而且我意识到吉米·哈利已被视为万恶不赦的坏人—— 一个只要你给他半点机会便会将你抓住、丢进笼子里的人。

我很快便看清了情况将永远如此了，因为已过了好几个月，而由于海伦的细心喂食，它们也长成了毛色温润美丽的大猫，当海伦出现在后门时，它们便会跳到墙上弓身而行，而我却只要稍一探头便可以将它们吓得无影无踪。它们随时都要躲着我，这使我很难过。因为我一直都是个爱猫的人，而且已经对这两只特别有感情了。终于有一天，海伦得以在它们吃饭时轻轻抚摸它们的背，这景象更令我伤心。

它们通常睡在仓库里，但偶尔也会不知跑到何处去，躲上好几天，使我们不禁想着是否它们已遗弃了我们，还是发生什么事故了。等它们再度出现时，海伦会如释重负地对我喊："它们回来了，吉米，它们回来了！"它们已成为我们生活的一部分。

夏季慢慢地转换为秋季。接着，当冷酷的约克郡严冬来临时，我们对猫的坚忍耐寒感到惊叹。透过温暖的厨房隔窗望着它们坐在冰雪之中，一度令我们觉得很难过；可是不管天气有多寒冷，它们都不会被诱踏进屋子一步。温暖和舒适并非它们的渴望。

天晴时，我们单从观察它们便得到了许多乐趣。从厨房可以望见仓库，观望它们快乐的关系令人十分着迷。它们是好朋友，形影不离，时常彼此黏舔，滚动戏耍，在吃食时则从不互相推挤。晚上，我们可以看见两个毛茸茸的小身影紧靠在一起躺在干草上。

然后有一次，我们以为一切都已永远改变了。两只猫再度失踪。好几天后，我们越来越担心了。每天早上，海伦一起床便会叫：“阿里，小黄！”以往这叫声总是会使它们从仓库内奔出来，可是现在它们不再出现。过了一星期，两星期，我们几乎已经失去了希望。

我们从百萝屯半日游返回时，海伦便跑进厨房，向外张望。猫儿知道我们的习惯，所以总是会坐在墙上等她。但是空荡荡的墙向前延伸，而仓库也空荡荡的。海伦问：“吉米，你想它们是不是永远离开了？”

我耸耸肩：“看起来像是这样了。你记得老赫伯说它们这一家猫是怎样的。或许它们像游牧民族一样逐水草而居去了。”

海伦一脸悲哀：“我无法相信。它们在这儿似乎很快乐。哦，我只希望它们没有出事。”她闷闷不乐地将买回的杂货收放好后，一整晚都十分沉默。我虽试图逗她开心，却也不甚由衷，因为我自己也裹着层哀伤的毯子。

很奇怪的，就在隔天早上，我又听到海伦如常的叫唤声，只是这回声音凄切。

她奔进了起居室。“吉米，它们回来了。”她喘着气说，“但是我想它们快死了！”

“什么？你说什么？”

“哦，它们看起来很惨。它们病得很重——我确信它们快死了。”

我赶忙跟着她走进厨房，隔窗望去。几尺之外，两只小猫并肩坐在墙上。它们的眼睛几乎完全闭着，且流出了液体；更多的液体从它们的鼻孔流下，而它们的嘴边更衔着唾液。它们的身体因为持续的打喷嚏和咳嗽而颤抖不止。

它们瘦削孱弱，与我们所熟识的那两只优美的猫大不相同。狂风猛吹之下，它们的外观更是堪怜，眼睛也更睁不开了。

海伦打开后门。“阿里，小黄，你们怎么了？”她柔声叫唤。

一件奇特的事发生了。一听到她的声音，那两只猫小心翼翼地跳下墙，毫不犹豫地穿过后门走进了厨房。那是它们第一次站在我们的屋顶下。

“你看！”海伦叫道，“我不敢相信，它们一定真的病了。但是是什么呢，吉米？它们中毒了吗？”

我摇摇头：“不是的。它们感染了猫伤风。”

“你看得出来吗？”

“哦，是的，这是很典型的。”

“它们会死吗？”

我揉揉下巴：“我想不会的。”我虽然在安慰海伦，心中却不免狐疑。猫过滤性病毒的鼻炎死亡率很低，但病况太严重时仍会致死，而这两只猫看来已病得很重。“总之，把门关上吧，海伦。我来看看它们是不是肯让我检查。”

但是一注意到门即将关上，那两只猫便立刻冲回屋外。

我喊道：“快把门打开。”在迟疑了一会儿后，它们又走回厨房里。

我震惊地望着它们，“你相信吗？它们进来并不是寻找庇护所，而是来求助的！”

毫无疑问。它们并肩坐在一起，等待我们为它们做点什么。

“问题是，”我说，“它们会允许我这个敌人接近它们吗？我们最好让后门开着，以免它们感觉受到胁迫。”

我逐步挨近它们，直到我可以伸手摸它们，但是它们并未退缩。怀着一种做梦般的感觉，我将它们依序抱起，为它们做检查。

当我跑到外面，去车子里取来药品和所需要的东西时，海伦轻柔地抚摸它们。我为它们量体温；两只猫都发着高烧——这也是病征之一。然后我为它们注射抗生素，这是我认为治疗最初病毒攻击之后的二级细菌感染最有效的一种。我也为它们注射了综合维他命，又用棉球为它们清除眼睛与鼻孔的液体和脓，再敷上抗生素药膏。在这一连串的治疗之中，我想到这两只猫除了在上回手术时的麻醉状态中之外根本不让我碰触，而此时竟温顺地听任我扶抱处置，感到十分惊讶。

等我完事之后，我很不忍心让它们再到户外去受寒风吹打，便一手一只将它们抱起。“海伦，”我说，“我们再试一次。请你把门关上吧。”

她握住门把，很慢很慢地开始推门，可是两只猫立刻如弹簧般从我手中跳开，奔进花园里。我们望着它们失去了踪影。

“喂，真不寻常。”我说，“它们病得那么重，却还不能忍受被关在屋里。”

海伦几乎快哭出来了：“可是它们在外头怎么受得了呢？它们应该保持温暖才对。也不知道现在它们会留下来还是会离开我们。”

“我也不知道。”我注视着空荡荡的花园，“但是我们必须明白它们是在自然的环境中。它们是坚强的小东西，我想它们会回来的。”我是对的。

第二天一早它们又出现在窗户外，闭着眼睛抵挡强风，脸上的皮毛仍粘着大量的黏液。海伦再次打开门，它们也再次冷静地走进门，毫无抵抗地接受我的治疗——打针、清理眼睛和鼻子的分泌物、检查口腔是否有溃烂处，将它们像家猫般抱起。

像这样的情况日复一日地持续了一周。分泌物好似越来越多，打喷嚏的情况也并无好转。然后，就在我已渐感绝望之际，它们开始吃一点东西，也明显地不喜欢再进屋来了。

我设法让它们进来时，它们便紧张而不快乐，对我的治疗也不再完全顺从。到最后，我已不能再摸它们了。由于它们尚未痊愈，我便把药粉掺进它们的食物里，以这种方式为它们医病。

天气越来越冷了；寒风中往往夹着片片雪花。但是有一天它们终于拒绝再入内了，我们只能隔窗看着它们进食。然而，知道它们在每一口食物中都吃了抗生素，我便已十分满足了。

我继续这样的长期治疗，每天从厨房里观察它们，注意到它们打喷嚏的情况已逐渐减轻，分泌物也逐渐减少，而这两只猫也慢慢恢复了失去的体重。一切苦心总算没有白费。

三月里一个阳光和煦的早上，我看着海伦将它们的早餐放到墙上。光洁美丽、眼睛明亮的阿里和小黄弓身沿墙而来，喉间咕噜有声。它们并不急着吃东西，显然为看到海伦而快乐。

它们来回走动，让她用手轻抚它们的头和背部。它们就喜欢这样的抚摸——并不过度，而它们仍能继续行动。

我觉得自己也有必要行动，便走到门外。

“小黄，”我唤道，并伸出一只手，“小黄，过来吧。”那小动物停下了墙上的漫步，从安全的距离外望着我，眼神中并无敌意，只是满含昔日的警觉。当我试图移近它时，它便跳了开去。

“好吧。”我说，“阿里，我想我也不必试试你了吧。”那只黑白相间的猫向后避开我伸长的手，不予置评地望了我一眼。我看得出它同意我的话。

我伤心地对它们叫道：“嘿，记得我吗？”由它们的神色看来，它们显然是记得我的，只是不是我希望的形象。我感到很灰心。尽管我做了一切努力，却仍然回到了起点。

海伦笑道：“它们真古怪。但是现在它们可真美，健康快乐如昔，印证了所谓的新鲜空气治疗法。”

“的确。”我苦笑道，“但也证实了家有兽医，实在不差。”

# 小爱咪与大绅士

当我下车去打开通往农场的闸门时，我极感兴趣地注意到在草地边缘有一个奇形怪状的东西。这玩意儿盖在石墙的遮荫处，俯瞰着山谷。它似乎是用好几层防水帆布披在铁架上所形成类似帐篷的避难所，形状很像爱斯基摩人的圆顶冰屋，但却是黑色的。只是，这玩意儿在这儿有何用途呢？

正在我猜想之时，前方的油布被掀开了，冒出了一个高大且蓄了白胡子的男人。他站起身，张望了一下四周，将身上那件长及膝盖的古旧大礼服的灰尘掸了掸，戴上一顶维多利亚时代所流行的礼帽。他似乎没有察觉到我的存在，只是站在那儿，做了几下深呼吸，凝视山路边向下延伸到无尽远方的石楠荒原。过了好一会儿之后，他才转向我，严肃地举起帽子。

他以一种属于大主教之流所特有的声音低声说了一句："早安。"

"早安。"我答道，并压抑着心中的惊异。"今天天气很好。"

他的表情放松，露出了笑容。“是呀，是呀，的确很好。”然后他弯身拉开油布，“爱咪，来吧。”

在我的注视下，一只小猫以曼妙的步伐走了出来。当它伸懒腰时，那男人将一条皮带系到它的颈圈上。他转向我，再次举举帽子：“再见了。”然后和小猫一起轻松自在地朝镇上的方向走去。镇中心的教堂塔楼，在两里路外隐约可见。

我从容地打开闸门，边望着那逐渐变小的身影，只觉得好似看到了一个幽灵。我并不在平常的诊疗范围内，因为一个叫艾迪·卡莱的忠实顾客继承了离德禄镇几乎二十里远的这座农场，却请求我们继续为他的牲畜看病——也算是对我们的赞美。虽然必须开这么远的车实在不方便，尤其是在三更半夜时，但我们还是答应了。

农场与大路之间还隔了两片田野。我驶进庭院时，看见艾迪走下了谷物仓的台阶。

“艾迪，”我开口道，“我刚刚看到了一样很怪的东西。”

他大笑：“你不用告诉我，你看到尤金了。”

“尤金？”

“对呀。尤金·艾森，他住在那儿。”

“什么？”

“是真的，那是他的住处。他在两年前自己搭盖的，然后就在那儿住了下来。你也知道，这本来是我父亲的农场，他以前就常跟我谈起他了。他不知道从哪里来的，带着他的猫到那里定居下来，之后就没再离开过了。”

“我没想到他会得到许可在草原边缘上盖房子的。”

“我也没想到呀，只是好像也没人来打扰过他。我再告诉你另一件好玩的事吧。他不但受过高深的教育，而且还是柯尼列·艾森的弟弟。”

“柯尼列·艾森，那个工业家？”

“没错，是那个大富翁。住在百腾路上长达五里的那片产业上。你得看看他们那闸门旁的大木屋呢。”

“是的……我知道那儿……可是怎么……”

“没人知道内情，不过似乎是柯尼列继承了一切产业，而他弟弟却什么也没得到。他们说那个尤金旅行过世界各地，到过荒凉落后的国家，经历过各种历险。但无论他到过哪里，他又回到北约克郡

来了。”

“可是他为什么住在那么奇怪的地方呢？”

“那是个谜团。我只知道他和他哥哥互不往来，而且反正他住在那儿似乎很快乐，也很满足。我老爸就很喜欢他，所以他以前常到农场这儿来吃点东西，洗个澡什么的。现在也还来。不过他很独立，不喜欢吃人家的闲饭，固定到镇上去吃饭和领抚恤金。”

“总是带着他的猫吗？”

“是呀！”艾迪又笑道，“总是带着他的猫。”

我们走进牛棚去进行结核菌素的测试，但当我一次又一次剪毛察视并加以注射之时，我的脑海中却不断地浮现那对人与猫的怪异影像。

两天后我为了回去看测试结果，又将车驶上了农场的闸门处。艾森先生坐在一张柳条椅上，边晒太阳边看书，膝上躺着那只猫。

我下车时，他又像上回那样举举帽子：“午安。很舒服的一天。”

“是呀，真的不错。”我说话的当儿，爱咪跳下来，走过草地来迎接我。我弯身摸它的下颚，它便弓起身子，发着喉声在我两腿之间转来转去。

我说："真可爱的小东西！"

那老人的态度由礼貌更进了一步："你喜欢猫吗？"

"是的，我一向都喜欢猫。"我继续摸着猫，又逗趣地拉拉它的尾巴。那张漂亮的猫脸仰望着我，喉间发出的咕噜声也更响了。

"嗯，爱咪好像很喜欢你呢。我从没见过它这么爱表现。"

我笑了："它知道我的感觉。猫总是知道的，它们是很聪明的动物。"艾森先生微笑同意。

"我那天见过你，对吧。你来找卡莱先生吗？"

"是的，我是他的兽医。"

"啊……我明白了。原来你是个兽医，而且你喜欢我的爱咪。"

"我身不由己，它真的很美。"

老人似乎乐坏了。"真谢谢你的赞美。"他犹豫了一下，"我在想，你是……呃……"

"哈利。"

"啊，是的，哈利先生，我在想，呃，当你处理过卡莱先生的事情后，是不是愿意和我一起喝杯茶？”

“我很乐意。我在一个钟头内就可以结束了。”

“好极了，好极了。那么，我会等你来的。”

测试结果极佳，没有任何不良反应，甚至连可疑的病例都没有。我在测试簿上记录了结果后，便赶往回农场的路上。

艾森先生在闸门旁等着。“现在有点凉了。”他说，“我想我们最好进屋去。”他领头走向那圆顶屋，拉开开口处的油布，以旧时代的优雅风度引我入内。

“请坐。”他低喃道，挥手要我在一张看来曾是汽车座椅的破皮椅上坐下来，而他自己则坐在我刚才在外面看过的那张柳条椅上。

他摆好两个茶杯后，从一个很旧的炉子上取下水壶，开始倒茶。我借机注视内部的东西。一张行军床，一个鼓鼓的背包，一排书，一盏破灯，一座矮柜和一个爱咪睡觉用的篮子。

“哈利先生，加牛奶和糖吗？”老人优雅地颔首相问。“啊，不加糖。我这儿有几个小面包，请务必吃一个吧。镇上有一家非常好的小面包店，我是他们的常客。”

我吃着面包，啜饮着茶时，偷偷瞄了那排书一眼。每一本都是诗集。布莱克、斯温伯恩、朗费罗、惠特曼，每一本书都因经过多次翻阅而显得破旧。

我问：“你喜欢诗吗？”

他笑笑：“啊，是的。我也念别的东西。公共图书馆的货车每个星期都会到这儿来。不过我总是会再回头找我的老朋友，尤其是这一本。”他拿起一本四角皆已折损的诗集，也是他先前所读的那本书——《罗勃·W·赛微诗集》。

“你喜欢那一本吗？”

“是的。我想赛微的诗是我最喜欢的。也许没有古典的格律，但他的诗句可以打动我的内心深处。”他凝视那本书，然后他的目光越过我，不知望向何处。我猜想他可能已经漫游到阿拉斯加或加拿大去了，一时之间我希望他能够对我说说他的过去。不过，他好像又不愿意谈这个。他只想谈他的猫。

“哈利先生，它是个最不寻常的小东西。我一辈子都是孤单一人，却从未感到寂寞。可是现在我知道，如果没有爱咪的话，我一定会非常寂寞的。你觉得这话很傻吗？”

“一点也不。也许那是因为以前你从没有过宠物，对吧？”

“是的，以前我没养过。似乎总是待得不够久。我喜欢动物；曾有过几次我想过要养狗，但从没想过要养猫。我常听人说猫比较没有感情；它们很自足，从不会真的喜欢任何人。你同意这个看法吗？”

“当然不。那绝对是胡说八道。猫是很有个性，但是我治疗过好几百只友善可亲的猫，都是它们主人的忠实朋友呢。”

“我很高兴听你这么说，因为我自认为这只小东西真的喜欢我。”他低头注视刚跳到他膝上的爱咪，轻柔地抚摸着它。“那是显而易见的。”我的话使那老人高兴地绽出笑容。

“你知道，哈利先生，”他接口道，“当我刚在这儿定居时，”他挥手比着他的住处，好似这是一幢华厦里的客厅，“我没有理由认为我不会再过以前习惯的那种孤独的生活。但是有一天这只小动物走了进来，也不知来自何处，仿佛是应邀而来的。从此我的整个生活就改变了。”

我笑道：“它将你领养了。猫就是那样。那是你的幸运日。”

“是呀……是的……一点也不错。哈利先生，你对这些事好像十分了解。现在，让我再为你添点茶吧。”

从那以后我又多次到艾森先生奇特的住处去探访他。每次我到卡莱的农场去，便会去圆顶屋看看，只要艾森先生在家，我们便会一起喝杯茶，聊聊天。我们无所不谈，谈书、政治状况、他所熟知的自然历史，只是谈来谈去最后总是会谈到猫。他对于如何照顾、喂食猫和猫的习性与病症，全都想知道。我渴望听他谈他的世界游记，可是他只是偶尔含糊地提及；而他却瞪大眼睛像小孩般兴致盎然地倾听我的兽医经验。

有一次我们在闲聊时，我特别提出了有关爱咪的问题。

“我注意到它不是在这儿便是和你一块儿出去，可是它会不会自己独自到外面去逛呢？”

“呃，会的。就在最近它才这么做的。它只到农场去。我总是注意不让它跑到路上去，以免被车撞了。”

“艾森先生，我不是这个意思。我想问的是在农场那里有好几只雄猫，它很容易就会怀孕的。”

他猛地坐直了身子：“老天，是的！我从未想到这一点，我真蠢。我最好别让它出去了。”

“非常难。”我说，“还是将它的卵巢摘除比较好。”

“啊？”

“让我为它做子宫切除术，将子宫和卵巢都割掉。那样它就安全了。因为这附近的猫太多了，对吧？”

“对……对……当然。只是动手术……”他以受惊的目光瞪视我，“会不会有危险……”

“不会，不会。”我尽可能轻松地说，“那是个很简单的手术，我们常常做的。”

他优雅的风度消失了。我从一开始便认为他是个见过许多世面的人，因此再也不会因任何事物而失去冷静态度的，可是现在他却好像缩回到他自己的世界了。他缓缓地抚摸着那只依然坐在他膝上的小猫，然后伸手拿起那本黑皮金字的《莎士比亚作品集》——这也是我抵达时他正在看的一本书。他在书里夹进书签，然后才谨慎地将书放回书架上。

“哈利先生，我真的不知道该怎么说。”

我鼓励地对他笑笑：“没什么好担心的。我急需给你这样的忠告。要是我能够将这个手术加以详细描述，我确信你就会放心了。这真的只是小手术，我们切一小刀后，将卵巢和子宫拉出来，在根部结扎住……”

我急忙停住口，因为那老人闭上眼睛，往一侧倾倒，使我以为他会掉到柳条椅下。我对外科手术的解释会产生不可预期的效果，那也不是第一次了，所以我改变了策略。

我大笑几声，拍拍他的膝盖：“所以，你瞧，这没什么呀，根本没什么！”

他睁开眼睛，颤抖地深吸了一口气：“是的……是的……我相信你是对的。但是你一定要给我一点时间去想一想。这对我来说太突然了。”

“好吧。我相信艾迪·卡莱会为你打电话给我的。可是不要想太久呀。”

没有听到那老人的音信并不使我惊讶；这整个主意简直就把他吓坏了。又过了一个多月后，我才再次见到他。

我将头探入油布门帘内。他坐在他常坐的那张椅子上削着马铃薯，抬起头来以严肃的目光望着我。

“啊，哈利先生，快进来坐坐吧。我一直想和你联络，真高兴你来了。”他下定决心似的一昂头，“我决定接受你对爱咪的建议。任何时候只要你认为合适，就为它动手术吧。”尽管如此，他说话时声音是颤抖的。

“太好了！”我愉快地说，“事实上，我车上就有个猫篮，所以我可以直接带它去。”

当那只猫跳到我膝上时，我尽量不去看他那张悲伤的脸。“嗯，爱咪，你和我一起来吧。”当我注视那只小动物时，我迟疑了。是我的想象，还是它的腹部明显地鼓胀呢？

“等一下。”我喃喃说着，触诊那个小躯体，然后抬头望向那老人，“很抱歉，艾森先生，可是有点太迟了。它已经怀孕了。”

他张大嘴巴，却说不出话来。然后他咽了一口口水，低语道：“那……那我们该怎么办？”

“不怎么办，不用担心。它会生下小猫，如此而已。我会为它们找到家的，一切都会很好的。”我的语气已尽量轻松了，却似乎没什么帮助。

“可是哈利先生，我对这些事一无所知，我现在担心死了。它说不定会难产而死，它这么小！”

“不，不，绝对不会。猫极少会有那样的麻烦。告诉你怎么办吧，当它开始要生小猫时，大概一个月以后吧，找艾迪打个电话给我。我会到这儿来看看情况是否正常。怎么样？”

“你心真好。这一切使我觉得自己笨手笨脚的。问题在于……它对我意义深重。”

“我知道。你别再担心了，绝对不会有事的。”

我们一起喝了杯茶。等我要离开时，他已经冷静多了。

再下一次我是在毫无预料的情况下见到他的。

那大约是两星期之后，我去参加当地农会的年度餐会。那是个颇为正式的餐会，与会者有各种不同的农民、大地主和农会的官员。我是因身为牛奶供给委员会的一员才去参加的。

我正在和一位顾客喝餐前酒时，差点没被一口酒呛到。“老天，艾森先生！”我叫了一声，指着那个高大且蓄了白胡子的身影。他身穿洁净的白燕尾服且系着白领带，和一群人站在房间的另一端，那头平常杂乱不整的银发向后平梳，光耀整齐。他一手持酒，神态自若地滔滔不绝地讲话，而围在他四周的人则恭敬地频频点头。

“我不敢相信！”我又叫了一声，“噢，是他没错。”

我的朋友哼声道：“可恨的小人。”

“什么？”

“是呀，他是个老滑头！就连他祖母他也敢骗的。”

“呃，奇怪。我认识他并不久，可是我喜欢他，我很喜欢他。”

我的顾客耸耸双眉：“我想你是惟一喜欢他的人了。”他尖酸地低语道，“我从未见过比他更老奸巨猾的人。”

我困惑地摇摇头：“我不明白。那些衣服，他到哪里去找来的？我只在他的路边茅屋里见过他，而他看起来没这么光鲜的。”

“嘿，慢着！”我的顾客大笑，用力敲了我一记，“我懂了。你说的是他的弟弟，老尤金。站在那儿的人是柯尼列！”

“我的天，真令人惊异！他们竟如此相像，他们是双胞胎吗？”

“不是的，他们相差两岁。不过，正如你说的，他们几乎难以分辨。”

那高大的老人好似知道我们在讨论他，突然转向我们。那张脸与尤金相似，只不过尤金的柔和慈善换成了侵略性和傲慢。我只瞥了那令人心悸的一眼，他便又别过头去，继续对他那些同伴发表长篇大论了。这是种怪异的经验，所以我一直盯着那一群人，直到我的朋友打断了我的沉思。

“是的，很多人都犯过那样的错，不过这两兄弟只是长得像而已。他们两人的个性根本就是南辕北辙。尤金是个老好人；至于那个老滑头，我从未看过他微笑。”

“你认识尤金吗？”

“和大多数人差不多吧。我年龄和他相近，而且我的农场就在艾森的产业上。他们的父亲去世后，将一切都留给了柯尼列。不过我想尤金对经营纺织王国和那片产业也不会感兴趣的。他是个梦想家和流浪者，善良温和，与世无争。钱和社会地位对他而言都毫无意义。他上过牛津大学，你知道，只是不久之后便离开了，有好多年都没人知道他是死是活。”

“现在他回到路边那个小地方来了。”

“是呀，真令人难以置信，对吧？”

的确是令人难以置信，我很少听到如此奇异的故事，因此接下来几周里，这件事一直浮现在我脑海中。我不禁想着在圆顶屋的那老人与猫不知如何了，也不知小猫出世了没，应该还未出世吧。我确信他会让我知道的。

一个风雨交加的夜晚，我终于有了他的音信。

“哈利先生，我是在农场打的电话。爱咪还未产下小猫，可是它……很大，躺着发了一天的抖，也不肯吃东西。我并不想在这个暴风雨之夜麻烦你，但我对这些事一无所知，而它又显得很……很不快乐。”听到这样的描述，我心里真不好过，不过我还是试图以轻松的口吻说：“艾森先生，我想我只好出去看看它了。”

“真的，你真肯来吗？”

“千真万确。不麻烦的，我们待会儿见。”

40 分钟后，当我跌跌撞撞地摸过黑路，拉开圆顶屋的布帘时，所看到的一幕既奇异又显得很不真实。风雨摇撼着油布墙面，借着晃动的灯光，我看见尤金坐在他的椅子上，摸着躺在他身旁篮子里的爱咪。

那只小猫肿大了许多，令人几乎认不出来。当我跪下来，用手覆住那鼓胀的腹部时，我感觉得到它的皮肤已绷得很紧。它肚子里的小猫咪已呼之欲出，但它却精疲力竭且奄奄一息。它也在用力，不时舔着它的阴户。

我抬头望向那老人：“艾森先生，你有热水吗？”

“有的，有的，刚刚才烧开了一壶。”

我在小指头上抹上肥皂。只有这根指头才能伸进那小小的阴道内。我一摸便发现子宫口已全开，后方却是一团纠结，微微动着。只有天晓得那里面塞了多少只小猫，但有件事却是肯定的：它们是不可能出得来的。没有足以运作的空间，我束手无策。爱咪将脸转向我，苦恼地发出微微的一声“喵”，使我心痛地想到再拖下去它可能会死的。

“艾森先生，”我说，“我必须立刻带它走。”

“带它走？”他困惑地重复了一句。

“是的。它需要一次剖腹生产的手术。那些小猫不可能以正常的方式生下来的。”

他挺直脊背，点点头，既震惊又不完全明白。我连篮子带猫抱了起来，冲向外头的黑暗中。然后，我想到那老人正茫然地望着我的背影，觉得自己也太不周到了。我又将头探入油布帘内。

“别担心，艾森先生，”我说，“不会有事的。”

我将爱咪放到后座上再开车驶离之时，内心其实十分忧虑。在我轻松无谓地说过猫的分娩不费吹灰之力之后，我竟可能走向一个悲剧，使我不禁诅咒嘲弄人的命运。爱咪那样躺着到底躺多久了？子宫破裂了吗？败血症？各种可怕的可能性飞驰过我的脑海。为什么在芸芸众生中，这种事情偏偏发生在那个孤单的老人身上呢？

我在镇上的公用电话亭打了通电话给西格。

“我刚离开老尤金·艾森。你可以到诊所来帮我一个忙吗，猫的剖腹产，情况十分紧急。很抱歉在你休息的晚上打扰你。”

“没问题，吉米，反正我没在干什么。待会儿见，好吗？”

我到达诊所时，西格已将消毒水煮沸，也将必要器具都准备好了。“这是你施展身手的时候，吉米。”他低声说，“我来进行麻醉吧。”

我已将手术部位的毛清理干净，手术小刀也放到那肿胀的肚皮上时，西格吹了声口哨说：“老天，这简直像是切开肿瘤一样！”

他的形容颇为贴切。我觉得一旦我划上一刀，那些小猫便会迸裂弹出。果然，我只是轻轻切过皮肤和肌肉，沉甸甸的子宫便惊人地凸显出来。

“要命！”我喘息道，“到底有多少只呢？”

“相当多。”我的伙伴说，“偏偏它又是只极小号的猫。”

我万分谨慎地切开腹膜，至少腹膜看起来干净而健康，令人松了一口气。我继续切割，等着看一堆小猫头和猫脚出现。然而我却越来越惊异地望着手术刀慢慢沿着一个炭黑色脊背滑过。等我终于用手指钩住那脖子，拉出一只小猫，将它放到手术台上后，那子宫已空空如也。

“只有一只！”我惊喘道，“你相信吗？”

西格笑道：“是的，但却是一只巨无霸呢，而且活生生的。”他抱起小猫，更仔细地观察了一会儿。“真是只大黑猫，和它母亲差不多一样大呢！”

我缝好伤口，又为沉睡的爱咪打了一针盘尼西林后，觉得紧张在快乐的波浪中慢慢漂离。爱咪情况良好，我先前的恐惧消失得无影无踪。最好将小猫留给母猫哺育几周之后，我再为它找一个家。

“西格，谢谢你过来一趟。”我说，“最初这情况显得颇为棘手。”

我等不及要回去找那个老人，他必然因为我抱走他心爱的猫而仍处于惊吓状态。事实上，当我拉开油布帘时，他看来似乎没有自我上回看到他的位置移开过半寸。他坐在椅子上，没有在看书或做任何事，只是瞪视着前方。

当我把篮子放到他身旁后，他缓缓转过头，惊讶地低头看着刚刚从麻醉状态中清醒、正要抬起头来的爱咪，以及那只已在摸索着由它独享奶头的小黑猫。

“艾森先生，它没事了。”我说着，尤金慢慢点了点头。

“太好了。真是太好了。”他低喃道。

十天之后我过去为爱咪拆线时，发现圆顶屋内有种欢庆的气氛。老尤金乐不可支，爱咪横身躺着，而它那只巨猫仔则忙着吸奶。猫妈妈抬头看我，神情傲然。

老人说：“我想我们应该喝杯庆祝茶，吃一个我最喜欢的小面包。”

等着水烧开的当儿，他用一根手指抚着小猫的身子：“它真是个俊小子呢，是吧？”

“的确是的。等它长大会是一只很美的猫。”

尤金微微一笑：“是的，我相信它会的，而且有它和爱咪作伴会很棒的。”

我顿了一下，接过他递给我的面包：“不过，艾森先生，你真的不能同时养两只猫的。”

“为何不能？”

“呃，你常牵着爱咪到镇上去；要是你想一次牵两只猫，在路上会有麻烦的。再说，你这儿的空间也有限，对吧？”

他没有吭声，所以我又继续说：“那天有位女士问我是不是可以为她找一只小黑猫。有很多人都会问我们是否能为他们找到某些特定的宠物，通常是取代刚死的老宠物，而我们似乎总是会感到力不从心。但是这一回我很高兴，因为我可以说我知道有一只。”

他缓缓点点头，想了一会儿之后才说：“哈利先生，我相信你是对的。我真的没有想清楚。”

“而且，”我说，“她是位很好的女士，又是个十足的爱猫人。它会有个很好的家。和她在一起，它会过着苏丹国王般的生活。”

他笑道：“好……好……也许我偶尔可以听到它的消息吧？”“那当然。我会随时向你报告的。”我看得出我已顺利地跨越了障碍，便改变了话题。“对了，我一直要告诉你，不久之前我第一次看到了你哥哥。”

“柯尼列？”他面无表情地望着我。我们从未谈过这个话题。“你觉得他怎样呢？”

“呃……他看起来并不快乐。”

“他不会的。他不是个快乐的人。”

“那也是他给我的印象。然而他拥有那么多东西。”

老人温和地笑笑：“是的，但是有很多东西他也没有。”

我啜了一口茶：“没错。例如，他没有爱咪！”

“说得对！事实上，我本来就想这么说，可是我以为你也许会认为我很傻。”他抬头大笑，快乐而孩子气的笑。“是的，我有爱咪，最重要的东西！我真高兴我们英雄所见略同。来吧，再吃一个面包吧！”

# 阿里和小黄 2

身为一个爱猫者，我自己的两只猫却看也不想看我，令我颇为气恼。现在小黄和阿里已是我们家的一部分了。我们钟爱它们。每当我们外出一整天后回到家，海伦所做的第一件事便是打开后门，喂它们吃饭。猫儿们熟知这个程序，所以不是坐在墙上等着她，便是在它们当成是家的仓库里等着随时跑出来。

我们到百萝屯半日游后回到家中，它们照常等在那儿，而海伦也将一盘食物和一碗牛奶放到墙上。

“阿里，小黄。”她轻抚着猫，低声唤道。它们不肯让她触碰的日子早已过去了。现在它们会高兴地摩挲她的手，弓身发出咕噜的声音。当它们吃东西时，她便来回抚摸它们的脊背。它们是这么温和的小动物，只有在惧怕时才会显露野性；而和海伦在一起，它们根本不会惧怕。我的子女和来自镇上的几个孩子也赢得了它们的信任，得以小心地抚摸它们。可是对我，它们就是不肯接受。

例如现在，我悄悄跟着海伦走出去，往围墙移动。它们立刻离开食物，退到安全的距离外站着，依然弓着身，但却令我不能靠近。它们看我的眼神并无敌意，但是我一伸出手，它们就退得更远。

“看那两只小乞丐，”我说，“它们仍不肯接受我。”

由于在我当兽医这么多年中，猫一向最令我着迷，而我也以为这有助于我与它们之间的关系，所以眼前的情况令我感到很气馁。我总觉得因为我喜欢它们，而它们也可以感受到，因而我可以比多数人更易于与它们相处才对。我对自己应付猫的技巧颇为自豪，而且我深信自己与所有的猫都很有默契，它们也都很喜欢我。事实上，坦白说，我想象自己为猫的好友。可笑的是，对这两只我已深深关爱的猫而言却绝非如此。

我觉得这实在有些令我难以接受，因为我医治过它们，在它们染上猫伤风时说不定还救了它们的命。它们记得这回事吗？我不禁想着。但是就算它们记得吧，我仍不因此而享有触碰它们的权利。而且，它们所记得的似乎是我用渔网网住它们，再将

它们关入猫笼里，而后为它们绝育的这一段。我总觉得每当它们看到我时，浮现在它们脑海中的是那张渔网和那个猫笼。

我只能希望时间会使我们之间彼此了解，但结果却是命运仍要玩弄我很长的一段时间。

首先，是阿里毛皮的那件事。它不像它的妹妹，它是一只长毛猫，所以毛会经常纠住或打结。如果它是只普通的家猫，我可以在一旦有麻烦时便为它梳理。可是由于我根本无法挨近它，所以便爱莫能助了。我们拥有它将近两年时，一天海伦将我叫到厨房去。

“你看看它！”她说，“它看起来真难看！”

我望向窗外。阿里的长毛纠结成一团一团的，看起来很像个稻草人，与它那光洁美丽的妹妹形成强烈的对比。

“我知道，我知道。可是我又能怎么办呢？”我正要转身走开时，注意到一件事。“慢着，它的颈部下有两大团乱毛。拿这把剪刀去把它们剪下，只要两刀就可以了。”

海伦痛苦地望了我一眼：“哦，我们以前就试过这个了。我不是兽医，而且它反正不会让我这么做的。它会让我摸它，但这却是另外一回事了。”

“我知道，可是你试试看吧。其实并不难的。”我将一把弯曲的剪刀放到她手中，开始隔窗指挥。“现在，把手指放到那一大团乱毛后方。很好，很好！现在把剪刀举起来——”

然而，阿里一瞥见那铁器便逃开跑上山坡去了。海伦气馁地转向我：“没用的，吉米，毫无希望。它连一绺都不肯让我剪，而它全身都是纠结的乱毛。”

我望着那站在离我们有一段安全距离外的小动物：“是的，你说得对。我得想个办法才行。”

想办法将阿里麻醉昏迷，这样我才能对它动手。我立刻想到了百试不爽的戊巴比妥钠胶囊。在无数我必须应付无法接触的动物事例中，这种口服麻醉剂是个极有价值的好东西。在其他事例中，我的病患是被关在紧闭的门后，可是阿里却在屋外，还有一大片荒原任它奔驰。我不能让它昏迷在可能会有狐狸或任何肉食动物将它咬死的野外林间。我必须要一直看着它才行。

是下决定的时候了，因此我挺胸说道："我要在这个礼拜天对它动手。礼拜天诊所比较空闲，我会请西格在紧急状况时代替我。"

那一天到来时，海伦走出去，将两盘剁碎的鱼肉放到墙上，其中一盘掺入了戊巴比妥钠胶囊的成分。我蹲在窗户后方，注视她将阿里引向下过药的那一盘，屏息看着它疑心地嗅了几下。它的饥饿很快便克服了它的谨慎，使它津津有味地将盘子舔得干干净净。

接下来是伤脑筋的部分了。如果它决定像平常那样去探索田野，我就得紧随其后。当它走回山坡，朝通风的仓库走回时，我也蹑手蹑脚地走出屋子。它在干草上所留下的凹处坐了下来，开始清洗自己，这使我如释重负。

我躲在树丛后偷看，看到它很快便已抬不起脚来洗脸；而当它想舔舐伸起的后脚时，它便倒了下去。

我忍不住偷笑。这太理想了，再过几分钟，它就在我的掌握中了。果然不出所料，阿里似乎已经厌倦于东倒西歪，决定睡它一觉也不错。它睡眼惺忪地环顾一下四周后，便蜷缩在干草中。

我又等了一会儿，然后便像偷袭的印第安人那样，爬出我的藏身处，蹑手蹑脚地走向仓库。阿里并非完全不省人事——我不敢给它足量的麻醉药，以防万一我无法跟踪它——但它已动弹不得。我可以对它为所欲为。

当我跪下来开始剪去纠结的毛时，它睁开眼睛，想要挣扎，却使不出力气。我加快了速度。由于它一直都在微微蠕动，我并没有修剪得很整齐，但也将所有常被树枝卡住的毛团都剪掉了。不久我身旁便堆了一大堆黑毛。

我注意到阿里不只在动，而且一直看着我。它虽晕眩，却认得出我，而它的眼神也对我说明了一切。"又是你！"它在说，"我早该想到了！"

当我剪完之后，我将它抱进一个猫笼内，再放到干草上。"抱歉，老小子。"我说，"但是在你完全清醒之前，我不能放你自由。"

阿里给了我困倦的一瞪，只是它的气愤却是显而易见的。"你又把我丢进这里了。你是不会改变的，对吧？"

等到下午茶时间时，它已完全复元了，我也得以将它放走。没有那些丑陋的毛团，它看起来好多了，但它似乎不以为然。当我打开笼子时，它又厌恶地瞥了我一眼，才一溜烟地跑开。海伦对我的工作成果非常满意。

第二天早上，她热切地指着墙上那两只猫：“它很帅吧！哦，我真高兴你设法为它修剪了毛。我本来真的很担心呢。它一定也觉得好多了。”

我望向窗外时，也颇觉心满意足。阿里确实与昨天那只毛发零乱的猫不一样了。我无疑已戏剧化地改变了它的生活，为它解除了长久以来的不适。然而我一将头探出后门外时，我的自尊便遭到了刺伤。它才刚开始享用早餐，但它一见到我便无比快速地开溜，消失在远方的山坡后。我悲哀地转回厨房里。阿里对我的评价又降了好几级。我闷闷不乐地倒了一杯茶。生活真不容易啊。

# 摩西——灯芯草丛间的垃圾宝贝

要下车去，势必要有坚强的意志力才行了。我从德禄镇开车出发，大约已开了十里路，一路上不住地想着溪谷最严寒的时候不是在下雪时，而是现在；料峭春雨将高原光秃秃的两侧打成黑一块白一块的，如一头蹲伏的巨兽身上的肋骨。正前方，可以看到农场大门被风吹得吱嘎作响。

我这辆车虽然既无暖气又十分通风，与外面无情的世界相比却像个避难所，因此我用戴着羊毛手套的双手紧握着方向盘，过了好一会儿后才将车门打开。我一跨下车，强风便几乎将我的手指从门把手上剥离。等我好不容易摔上车门后，才踉跄地踏过冰冻的泥地，来到了大门前，虽然身穿厚大衣，又用围巾把耳朵围上，我仍然可以感觉到冰冷的强风咬啮着我的脸、鞭打着我的鼻子，甚至在我脑袋里的空荡荡的地方令人痛苦地不断敲撞。

我开车通过大门，强睁着淌泪的眼睛关上门，正想回到车内时，却注意到一个不寻常的东西。在小路旁有一口结冻了的池塘，冻死的、不透明池塘的周围是一圈结了霜的灯芯草。就在丛丛灯芯草草间，有个黑亮的小东西突了出来。

我走上前去，仔细凝望。那是一只小猫咪，约莫才一个半月大，全身动也不动地缩成一团，眼睛闭得紧紧的。我弯身轻轻碰触那毛茸茸的身子。它一定死了；像这么一个小东西是不可能熬过这种天寒地冻的……然而它竟一息尚存，因为它的小嘴无声地张开了一下，然后又闭上了。

我急忙将这小东西抱起来，包进外套内。我开车进入农场里，看到农场主人提着两个桶走出牛房，便大声对他说道："巴勒先生，我捡到你的一只小猫了。它一定是在外头迷路了。"

巴勒先生放下桶子，一脸茫然。"小猫？我们目前并没有小猫呀。"

我让他看我刚才找到的小猫，他的困惑反而有增无减。

"这猫倒是稀罕呢。这儿没有黑色的猫。我们什么颜色都有，就是没黑的。"

"那么它一定是从别处跑来的了。"我说："只是很难想像这么个小东西会走那么远的路；真叫人想不通呀。”

我将小猫抱出来，他便用一双被工作磨粗的大手抱了过去。

“可怜的小乞丐，它只剩下一口气了。我把它抱进屋里去，看看我太太有什么办法没有。”

在农场厨房里，巴勒太太可热心了。“哎呀，好可惜！“她用一根手指抚平蓬松的黑毛。“它的脸好美呢。“她抬头望着我说，“它是公的还是母的呀？”

我很快地看了一下两只腿内侧。“是只公猫。”

“好。”她说，“我去弄点温牛奶喂它，不过我们得先用老法子治疗它一下才行。”

她走向黑色大炉灶的烤箱前，打开烤箱门，把小猫轻放入内。

我微微一笑。这是新生羔羊挨冷受冻时必经的程序：把它们送进烤箱后，便会有惊人的效果。巴勒太太让烤箱门半开，我正好可以看到里头的小黑影；它好似对自己的境遇浑然不觉。接下来的一个钟头，我待在牛房里，和一头母牛过长的后腿对抗。当我们奋斗完毕，站起身来舒舒筋骨时；我心想，毕竟我的辛苦是有补偿的。看着那头母牛用两只看来正常的后腿站在那儿，令人感到很满足。

“哎，这才像话咧。”巴勒先生咕哝道，“到屋里去洗洗手吧。”

在厨房里，我站在棕土水槽前洗手时，两眼不断地瞟向烤箱。

巴勒先生笑道：“喔，它仍与我们同在呢。你过来看看吧。”

厨房里光线不佳，所以看不大真切。但当我看到它时，我伸手摸它，它也将头转向我。

“它醒了。”我说，“在那里面待上个把钟头果真有神效呢。”

“很少无效的。”巴勒太太把猫抱了出来，“我想这小东西蛮厉害的。”她开始用汤匙喂它喝温牛奶。“我看一两天内它就会舔牛奶了。”

“可不是吗？我要叫它摩西。”

“摩西？”

“是呀，你不是在灯芯草丛间找到它的吗？”

我笑道：“没错，这是个好名字。”

大约过了半个月后，我又到巴勒农场去了。我到处找寻摩西，农家是很少把猫养在屋里的。所以我想那只小黑猫若是活下来了，一定加入农场里的猫家族中去了。

农场的猫日子过得可悠闲了。它们或许不常受人抚摸或宠溺，但我总觉得它们过的是一种自由自在的自然生活。主人固然认定它们会抓老鼠，但如果它们不想抓，亦可掠夺。今天我看到了不少只猫；有些很紧张地跑走了，有些友善地咕噜作响。有只虎斑猫优雅地在石板上跳动，还有只猫舒适地蜷缩在牛房末端暖和的稻草堆里。巴勒先生去取热水时，我很快地看了一下牛房，只见一只白色公猫从它午睡的干草堆后方懒洋洋地望着我。猫真是很会享福的。不过，我没看到摩西。

我将手臂擦拭干净。正想对那只公猫说句玩笑话时，巴勒先生把我的外套递给了我。

“如果你有时间，跟我来一下吧。”他说，“我要让你看样东西。”

我跟着他跨出房间尽头的房门，走过一条通道，进入屋顶低矮的长形猪圈。他在中间的一间猪栏前停下来，伸手一指。

他说：“你看。”

我靠向围栏；我的表情必然十分错愕，因为巴勒先生爆笑出声。

“你没看过这样的新鲜事儿吧？”

我难以置信地瞪视着一头母猪舒适地侧身躺着，让一窝共有十二只的小猪仔吸奶；就在那粉红色的一长排中央，毛茸茸的小黑猫摩西也挤在那儿，异常醒目。它口含一颗乳头，和身旁那些皮肤光滑的小猪仔一样乐不可支地吸吮着养分。

我惊喘道：“这是怎么……？！”

巴勒先生仍在笑：“我就想你八成没见过这种事，我也没有。”

“可是这是怎么开始的？”我依然无法移开目光。

“是我太太的主意。”他答道，“这小东西一学会舔牛奶，她就把它带出来，想为它找个暖和的地方待。她选中这处猪圈是因为母猪贝莎刚生了一窝小猪仔，我在里面放了个暖气炉。所以这里又舒服又温暖。”

我点点头：“听起来正合适。”

“所以呢，她就把摩西放到这里面去，又放了一碗牛奶。”巴勒先生又说，“没想到那小家伙并未挨着暖气炉太久——我再跑来看时，它已经挤到里面去吸奶了。”

我耸耸肩：“人们说干我们这一行的每天都有新鲜事儿可看，但是这码子事我还真从没听说过呢。总之，它看起来倒很适应呢——它真的就喝母猪的奶而已吗？还是也会喝碗里的牛奶呢？”

“大概两种都喝一点吧，很难说。”

总之，不管摩西混杂着喝些什么，它长得很快，没多久就成了一只相貌堂堂的美猫了，而且它的毛特别闪亮，不知是否跟它喝猪奶有关。我只要到巴勒农场去，一定要到猪圈去瞧瞧。摩西的奶妈——贝莎——似乎对这只毛茸茸的闯入者不以为意，常常顺势推推它，发出愉悦的呼噜声，就像对它自己的小猪仔一样。

摩西自己看来与猪仔们是意气相投，快活无比。当小猪仔蜷缩在一堆睡觉时，摩西也会挤在那儿。当它的同伴们在八周大时断了奶后，它仍十分依恋贝莎，多半时候都和它在一起。这种情况持续多年。它常在那猪圈里，快活地在那头母猪身上摩挲。不过我最记得的是它蹲在它最喜欢的地方——猪栏上面，若有所思地俯视着它的第一个温暖的家。

小　飞

有时候当我们的猫狗病人死去时，主人们会把它们带来让我们处置。那种场合总是很悲伤的，所以我一看到老狄克·傅赛的脸便有种不祥的预感。

他将用来装猫的自制纸盒放到手术台上，用不快乐的眼神望着我。

“是小飞。”他说。他的双唇颤抖，好似已无法再多说。

我没有发问，只是开始解开绑住纸箱的绳子。狄克没钱买猫盒，但他以前使用过这个自制猫盒——在纸箱两侧都打了小洞。

我解开最后一个结后，望着箱子里那动也不动的躯体。小飞，我熟知的毛色光泽黑亮、又喜欢玩耍的小猫，总是低声哼叫、十分友善，而且是狄克的同伴和朋友。

我温和地问道：“狄克，它是怎么死的？”

他用手抹过枯瘦的脸，又搔了搔纠缠的灰发：“呃，今天早上我发现它躺在我的床边。可是……哈利先生，我并不确定它是不是死了。”

我又望了箱内一眼。没有呼吸的迹象。我将那瘫软的躯体抱到桌上，摸摸那已视而不见的眼睛角膜，没有反应。我拿起听诊器，按到小飞胸前。

“还有心跳，狄克，但是非常微弱。”

“你的意思是随时可能停止吗？”

我犹豫了一会儿，“呃，只怕听起来确实是这样。”

我说话的当儿，小猫的胸腔微微挺起，但随即又低伏。

“它还在呼吸，”我说，“但只是苟延残喘。”我彻底地检查过小飞后，并未发现任何不寻常之处。眼结膜的颜色很好，事实上并没有不正常的迹象。

我用手抚摸那柔软的小身躯，“狄克，这真是叫人想不通。它一向都很活泼的——事实上，猫如其名。可是它却躺在这儿，而我又找不出任何原因。”

“它可不可能是中风了呢？”

“我想是有这个可能性，不过我不认为它会因中风而完全失去知觉。我在猜想它是不是头部遭到重击。”

“我想不会吧。昨晚我上床时它还好得很，而它夜里是从不出门的。”老狄克耸耸肩，“无论如何，它现在好像不太乐观，是不是？”

“恐怕是的，狄克。它已奄奄一息。不过我要给它打一针兴奋剂，然后你就得带它回家去，不要使它受凉。如果它明早还活着，把它带来让我看一看。”

我设法以较乐观的语气说话，但是我十分肯定我是再也不会见到小飞了，而且我知道老狄克也有同感。

他绑箱子时双手颤抖、一言不发。直到我们走到门口时，他才转过身来，对我点了点头：“哈利先生，谢谢你。”

我目送他拖着蹒跚的脚步走过大街。他正提着垂死的宠物要走回一栋空荡荡的小屋。他在许多年前便已失去了他的妻子——我从未见过傅赛太太，现在他靠着养老金独自过活。他的日子过得乏善可陈。他是个善良而沉默的人，很少出门，也似乎没几个朋友。可是他有小飞。这只猫是在六年前投宿到他家的，不久便改变了他的生活，使那静默的小屋变得热闹而欢快。小飞用它的各种把戏和嬉耍带给那老人欢笑声，到处跟着他，在他双腿间摩挲。狄克不再寂寞了，而我目睹这段友情逐年加深。事实上，不只是友情而已，老狄克似乎依靠小飞而活。现在，却发生了这种事。

当我走回通道时，我心想：呃，干兽医这一行就是会碰到这种事。宠物总是活得不够久。只是这回我觉得更难过，因为我一点也不知道我的“病”猫是怎么回事。我完全大惑不解。

第二天早上，当我看到狄克·傅赛抱着纸箱坐在候诊室里，我觉得很惊讶。

我瞪视他：“怎么了？”

他没有回答，脸上的表情也高深莫测，和我一起走进诊疗室里，解开绳子。当他打开盒子时，我已有最坏的打算，但令人震惊的是，那只小猫竟跳到桌上，用它的脸摩挲我的手，如摩托车般哼哼有声。

老狄克哈哈笑着，一张瘦脸显得神采奕奕。“呃，你认为呢？”

“我不知道该怎么想，狄克。”我仔细地检查小飞。它已完全恢复正常了。“我只知道我很高兴。这简直就像是奇迹。”

“不，不是的。”他说，“是你给它打的那一针颇有神效。我非常感激。”

呃，他说的话让人心窝发暖，只是事情没这么简单。我不明白是怎么回事，但是算了。我为结局圆满而谢天谢地。

三天后，就在这件事已消退为美好的回忆时，狄克·傅赛又抱着他的箱子出现在手术室内。箱子内装着小飞，和上次一样，一动也不动且失去了知觉。

我在困惑中重复检查的过程，然后照样打了一针，而那只猫也在次日又恢复了正常。由那时起，我便陷入了每个外科兽医都很熟识的情况——牵涉到一件令人不解的病例，以一种命中注定的悲观心情等着某种悲剧发生。

将近一周都没有什么事发生，然后狄克的邻居杜根太太打电话：“我是为了傅赛先生打的电话。他的猫生病了。”

“什么状况呢？”

“噢，只是直挺挺地躺着，好像昏死了。”

我忍住尖叫说：“这是什么时候发生的？”

“今天早上发现的。傅赛先生没法带它过去找你，他自己也不舒服，躺在床上休息。”

“真遗憾。我立刻就过去。”

一切都和先前没有两样，一只几乎已毫无生命迹象的小动物直挺挺地趴在狄克床上。狄克自己脸色也很难看，苍白且枯瘦，但他仍强露出微笑：“哈利先生，看来它好像又需要打针了。”

我在灌注针筒时，心里直想着这可真是太神奇了，但绝不在于我打的针。

“我明天再来看看，狄克。”我说，“我也希望你明天会觉得好些。”

“噢，只要这小家伙好起来，我不会有事的。”老狄克伸手摸摸小猫闪亮的黑毛，嵌在那瘦削脸庞上的眼睛露出了极端的忧虑。

我环顾那个空荡荡的小房间，只能希望再有一次奇迹。

当我在次日清晨返回狄克家中，看到小飞在床上乱跑，想要抓住老狄克为它高举的一根细线时，我已不很吃惊了。我虽松了口气，心中却更加强烈地感觉到前所未有的茫然无知。这到底是怎么回事？这整件事太不合情理了。像这样的症状，谁也不知道这只猫患了什么病。我深信就算把全国图书馆的兽医学书籍都翻遍，也不会有什么帮助的。

不过，看着那只小猫躬身而立，绕着我的手哼哼作声，已是足够的补偿了；对狄克而言那更是他的一切。他如释重负，面带笑容："哈利先生，多亏了你的帮忙。我真不知该怎么谢你。"接着他的眼眸中又闪过了一丝忧虑，"只是它会持续这样吗？我真怕总有一次它会回不来。"

嗯，那便是问题所在。我也怕，但我不得不强颜欢笑："或许那只是一种过渡阶段，狄克。我只希望我们再也不会有麻烦了。"可是我不能给他任何保证，而这个卧病在床的人也知道这一切。

杜根太太送我出门时，我看到地区护士在前门处下了车。

"嗨，护士。"我说，"你来看傅赛先生吗？真遗憾，他病了。"

她点点头："是的，可怜的老头子。真可惜。"

"我不明白你的意思。难道很严重吗？"

"只怕是的。"她双唇紧抿，从我身上移开了目光，“他快死了。是癌症，迅速恶化。”

“老天！可怜的狄克。几天前他还带着猫到我诊所去呢。他对此只字不提。他自己知道吗？”

“噢，是的，他知道。但是他就是那样，哈利先生。他就像颗小石子一样顽强。他真不应该死的，真的。”

“他……他……痛苦吗？”

她耸耸肩：“现在有些痛了，不过我们尽可能以药物使他保持舒适。必要时我便给他打一针。我不在时，他也可以自己服药。他抖得厉害，没法将药水倒进汤匙内。杜根太太乐于帮他的忙，但是他却太独立了。”她笑了笑，“他把药水全倒进一个小碟子里后，再用汤匙舀出来喝。”

“一个小碟子……”迷雾中出现了一抹亮光。“什么样的药水呢？”

“噢，吗啡加哌替啶，也是艾灵生大夫常开的药。”

我抓住她的胳臂：“护士，我要再和你一起进去。”

老狄克对我再度出现感到惊讶。“怎么了，哈利先生？你忘了什么东西吗？”

“没有，狄克。我只是要问你一件事，你的药水是不是很好喝呢？”

“是呀，甜甜的，很爽口，一点也不难喝。”

“你把药水倒在小碟子里吗？”

“对的。我的手不太灵光。”

“当你在睡前服过药后，小碟子里还会剩下一点吧？”

“是呀，是有一点。哪有什么事呢？”

“因为你把那碟子留在你的床边，对吧，而小飞就睡在你床上……”

老狄克一动也不动地瞪着我：“你是说，那小乞丐把药水舔干净了吗？”

“我敢打赌是这么回事。”

狄克仰头大笑，一阵快活的长笑。“所以它才会昏死过去！怪不得那药水也总是使我立刻入睡！”

我和他一起笑。“总之，现在我们知道了，狄克。以后你喝过药后，会把小碟子收进食柜里了，对吧？”

“我会的，哈利先生。那么小飞就不会再那样昏倒了吧？”

“不会，绝不会了。”

“哎呀，那真棒！“他在床上坐起身，抱起那只小猫，将它贴到脸颊旁。他发出一声满足的叹息，又对我笑笑。

“哈利先生，”他说，“现在我已没什么放不下心的事了。”

在外头街上，当我第二次向杜根太太告别时，我回顾那栋小屋。“‘没有放不下心的事’，听他那样说实在很好。”

“噢，是的，而且他说的是真心话。他根本不担心他自己。”

又隔了半个月后，我才又见到狄克。我到德禄镇的一所小型医院去探望一个朋友时，看到狄克躺在病房角落的病床上。

我走过去，在他的床边坐下。他的脸虽瘦削，神色倒很安宁。

我说：“嗨，狄克。”

他睡眼惺忪地望着我，低声说道：“嗨，哈利先生。”他闭上眼睛一会儿，然后再次抬眼注视，脸上有一抹飘忽的微笑，“我真高兴我们查出了小猫的毛病。”

“我也一样，狄克。”

又是短暂的静默。“杜根太太收养了它。”

“是的。我知道。它在那儿有个很好的家。”

“是呀……是呀……”他的声音更微弱了，“只是我常常希望它就在这里。”瘦骨嶙峋的手抚了抚床单，他的嘴唇又动了。我弯身靠向前倾听。

“小飞……”他说，“小飞……”然后他闭上了眼睛。我看得出他已睡着了。

次日，我接到了狄克·傅赛的死讯。很可能我是最后一个听到他说话的人。他的最后一句话竟是关于他的猫，虽然奇怪，倒也合适。

“小飞……小飞……”

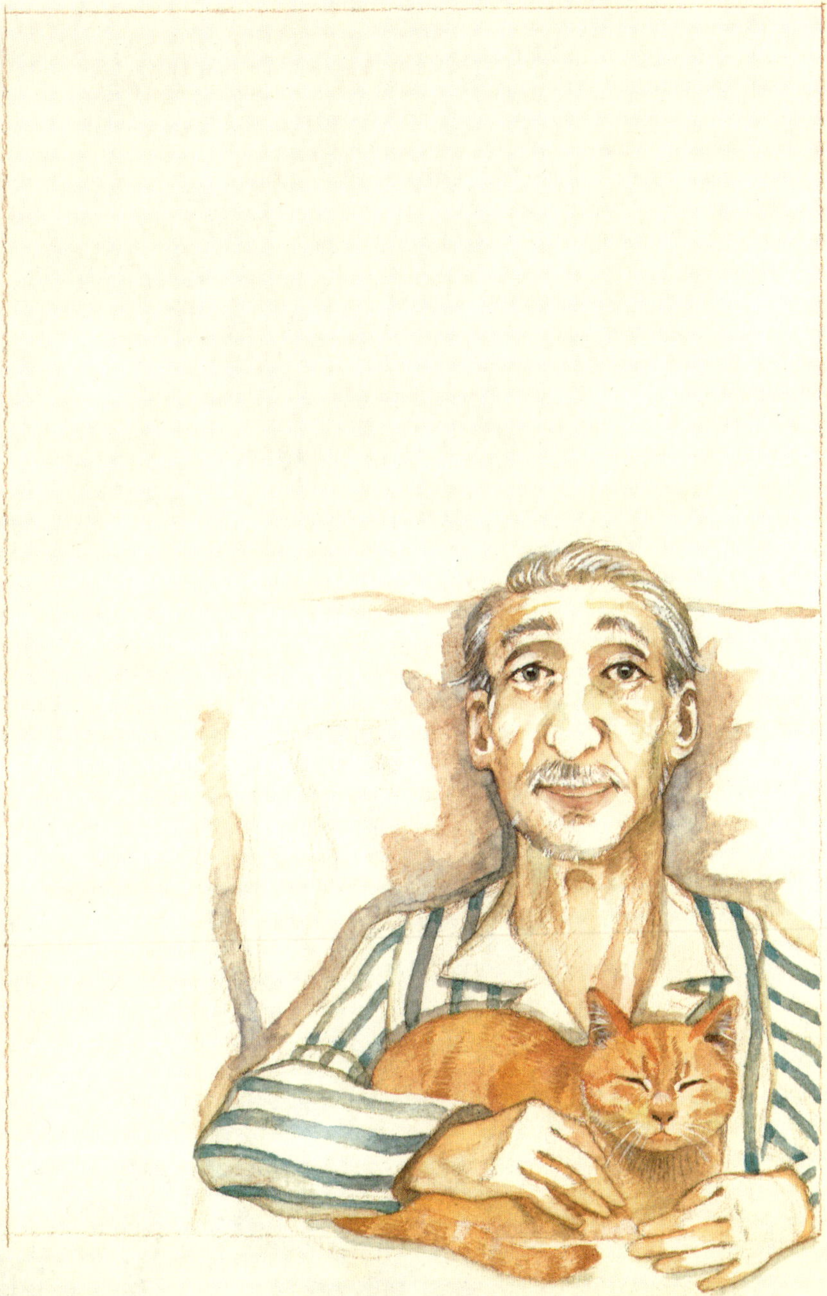

# 阿里和小黄 3

时间日复一日地流逝，我和那两只野猫的关系没有任何改善，而我又越来越担心地注意到阿里的长毛又渐渐恢复到先前那可憎的状态了。熟悉的团团纠结慢慢出现，不到一年内，再次恢复原来的样子。日复一日，有个越来越明显的事实：我必须插手这件事。但是我能再耍它一次吗？我必须试试。

我又做了同样的准备，让海伦把掺有戊巴比妥钠的食物放到墙上。但是这回阿里却嗅了嗅，舔了一下，然后便走开了。在下一餐时，我们又试了，可是它以同样多疑的态度检查过食物后，又一次拂袖而去。显而易见，它察觉到有些不对劲。

我在厨房窗口观看之后，转向海伦说："我要试试抓它。"

"抓它？你是说，用你的网吗？"

"不，不是的，它是小猫时可以用网，现在拿着网根本别想挨近它。"

"那你怎么抓呢？"

我望向外面墙上那只毛茸茸的黑猫。"呃，或许你喂它时，我可以躲在你后面，然后一把将它抓住，塞进笼子里。那样，我可以把它带到诊所里，为它施行全身麻醉，再把它的毛剪好。”

“一把抓住它，然后把它塞进笼子里？”海伦难以置信地说，“听起来根本是不可能的。”

“是的，我知道。但是我也曾赤手空拳抓过几只猫的，而且我的行动可以很快速。只要我能一直躲着。我们明天试试看吧。”

我太太瞪大眼睛望着我。我看得出她对我没有什么信心。

第二天一早，她将一些新鲜可口的碎鱼肉端到墙头上。这是两只猫最爱吃的东西。它们也喜欢煮熟的鱼，但生鱼更是它们无法抗拒的。我打开的笼子，藏在它们看不见的地方。两只猫沿着墙昂首阔步走来。小黄尤其闪亮柔美，阿里则因全身都有纠缠的乱毛而显得颇为狼狈。海伦又照常对它们又哄又摸的，等到两只猫都快乐地吃起来后，她转身走回我所躲藏的厨房里。

“现在，”我说，“我要你慢慢地再走出去，而我将躲在你的后面。等你走到阿里身旁时，它会因专心吃鱼，而可能不会注意到我。”

海伦没有回答；我便从头到脚紧贴到她背后去。

“好，我们走吧。”我用左腿推推她的，我们便一步一步地走出后门，行动一致。

“这太荒唐了。”海伦叹道，“简直就像在演双簧似的。”

我紧挨她的颈背，低声对她耳语：“安静，向前走就是了。”

我们慢慢走到墙边时，海伦伸出手摸阿里的头，可是它忙着吃生鱼肉，连头也不抬一下。它就在那儿，在我胸膛的高度，离我不过两尺，这机会再好不过了。我伸手绕过海伦，揪住它的颈部将它拎起，那是一团黑色四肢胡乱挥舞的毛。两秒钟后，我便将它塞进了笼子里。我用力拉上笼门时，一只迫切的猫爪伸了出来，但我立刻将它压入，将铁闩闩住。它逃不掉了。

我将那个关着阿里的笼子举高到墙上，和我的眼睛齐高。当我注意到它那控诉的目光时，我退缩了一下。那双眼睛似乎是在说：“又来了！我真不相信！你为什么老要耍我呢？”

事实上，我心里也不好受。这只可怜的猫虽然因我的攻击而受到惊吓，却没试过要抓我或咬我。就像以前一样，它只想要逃开而已。我不怪它对我另眼相待。

不过，我告诉自己，最后的结果将使它又一次成为英俊优美的猫。“老小子，你会认不出自己的。”找对那只惊恐的小动物说。它蹲在笼子里，笼子则放在我身旁的座位上，我们便朝诊所驶去。“这次我要把你修剪得漂漂亮亮的，使你不但看起来美丽，而且会觉得很舒服的。”

西格自愿帮我的忙。我们将它放到桌上时，阿里浑身颤抖，屈服于人的处置和麻醉药的施行。当它躺在那儿安睡之际，我开始用剪刀为它修剪那一团团的乱毛，心中有股狂野的快感。修剪完后，我又用电剪整修过，再为它仔细梳理，直到最后一小纠毛也被梳平为止。上一回我只是为它胡乱地剪掉乱毛，这一回它才是全身美容呢。

当我在完事之后将它抱起来时，西格大笑道：“看来它准备要在任何猫展中获胜呢。”

第二天一早，当那两只猫爬到墙上吃早餐时，我又想到西格那句话。小黄一向是很美的，但是当它的兄弟沿墙而行，美丽柔软的毛在阳光中闪闪生辉时，它却几乎被比了下去。

海伦对阿里的外表着了迷，不住摸着它的背，似乎无法相信这个转变。我当然仍在平常的位置上，隔着厨房的窗子向外窥视。必须要等很久，我才敢再出现在阿里面前了。

不久我便意识到自己的地位更加一落千丈了。因为我只要一走出后门便会使阿里落荒而逃，奔窜到田野之中。情况变得如此恶劣，使我不禁开始思索。

“海伦，”一天早上我说道，“和阿里的这回事使我寝食难安。我希望我有办法可以解决。”

“是有办法，吉米。”她说，“你必须真正去了解它，而且它也必须了解你。”

我阴郁地望了她一眼：“只怕你若这样告诉它，它会对你说它太了解我了。”

“噢，我知道。可是你仔细想想，这两只猫跟了我们这些年来，除了在紧急状况时，根本就很少看到你。每天，喂它们吃饭、拍抚它们的人都是我，它们了解我，也信赖我。”

“没错，可是我没时间呀。”

“你当然没有。你一辈子都在忙，你一回到家里便又立刻出门去了。”我若有所思地点点头。她说得对。这些年来，我爱上了这两只猫，喜欢看它们走过山坡来取食、在田野的长草中嬉戏，以及被海伦抚摸；但相形之下，我对它们而言却像个陌生人。想到那么长的一段时光竟在转瞬间流逝了，我感到有一丝痛楚。

“呃，或许已经太迟了。你想，我还有别的法子可想吗？”

“是的。”她说，“你必须开始喂它们。你就是必须抽空去做这件事。哦，我也知道你不可能每餐都喂，可是只要一有机会，你就得端着它们的食物出去。”

“所以，你认为只要对它们展示一点别有所图的爱意就够了吗？”

“当然不是。我确信你也常看到我与它们相处的情形。必须在我对它们又哄又摸一阵子后，它们才会去吃东西。它们所要的是关照和友爱。”

“可是我毫无希望。它们讨厌看到我。”

“你必须百折不挠，坚持到底。我也是费了好久才赢得它们的信任的。尤其是小黄，它一向比较羞怯。即使是现在我的手要是动得太快，还是会把它吓跑呢。尽管发生过那一切，我想阿里可能会是你的希望所在——那只猫最友善不过了。”

“好，”我说，“把食物和牛奶都给我吧。我现在就开始。”

那是我人生中的一段传奇的开始。只要一有机会，便由我去呼叫它们，把食物放到墙上，站在那里等待。起初我等也是白等。我可以看见那两只猫从木仓库内看着我——一张黑白相间的脸，和一张黄、金、白相间的脸，从干草床铺上观察我的行动。有很长一段时间，必须等我退回屋里之后，它们才敢下坡来。由于我的工作时间并不规律，我很难保持这种新制度。有时我一大早接到电话出诊，它们便不能准时吃早餐。不过有一次在这种情况下，当早餐已迟了一个多小时，它们的饥饿克服了惧怕，它们在我仍靠墙而立时仍小心翼翼地走下坡来。它们快速地吃着，不时对我投以不安的目光，吃饱后也立刻就跑开了。我满足地微笑：这算是第一个突破。

在那次之后，有很长的一段时间里，我就是静静站在那儿看着它们吃，直到它们已习惯于我的存在。接着我尝试十分小心地伸出手。一开始，它们会往后退，但是随着时光流逝，我看得出我的手已渐渐不再是个威胁，而我的希望也与日俱增了。一如海伦所预言的，只要我稍一轻举妄动，立刻逃开的总是小黄；反而是阿里在退缩之后，会以评估的目光望着我，仿佛它很可能会愿意忘掉过去，改变它对我的看法。日复一日，我以无比的耐心将我的手越伸越长。当阿里终于静静站立，准许我以一根食指触碰它的脸颊时，那一幕令我终身难忘。当我轻柔地抚摸它的毛时，它以非常友善的目光看了我半晌后才跳了开去。

“海伦，”我回头看向厨房的窗子，“我成功了！我们终于有希望成为朋友了。现在只是时间的问题而已。我终于能像你那样抚摸它了。”我感到一种不可言喻的欢欣和成就感。对一个每天都与各种动物为伍的大男人而言，这种反应似乎是有些可笑，但是我却期盼着能和这只猫建立起多年的友谊。

可是，我想错了。在那一刻，我并不知道阿里在四十八小时内便会死去。

那是在第二天早上。海伦在后花园里叫我。她的声音听起来心烦意乱："吉米，快点来！是阿里！"

我冲出门去，到她所站立的斜坡顶端、仓库的附近。小黄在那里，可是我所看到的阿里却是草地上黑漆漆的一团。

我弯身看它时，海伦揪住了我的臂膀："它怎么了？"

它动都不动，四只腿僵硬地伸直，背可怖地弓起，眼睛圆瞪。

"我……我只怕它已经走了。看起来像番木鳖碱中毒。"但是当我说话时，它微微动了动。

"等一下！"我说，"它还活着，但已经奄奄一息了。"我看得出它已不再紧绷，便动动它的腿，毫不迟疑地将它抱起来。"这不是番木鳖碱中毒，只是症状很像而已。和它的脑子有关，可能是中风。"

我将它抱到屋内，它静静躺着，气若游丝。

海伦噙着泪说："你还可以救它吗？"

"我立刻带它到诊所去。我们只能尽力了。"我亲亲她湿漉漉的面颊，便跑出门去开车。

西格和我为它打了镇静剂，因为它的四肢不住地乱动，然后我们为它注射了类固醇和抗生素后，又为它吊了点滴。我注视躺在大恢复笼里的它，注意到它的脚掌微弱地抽动。“我们无法再多做什么了，对吧？”

西格摇摇头，又耸耸肩。他同意我的诊断——中风，或是脑溢血。我看得出他和我感到同样的绝望。

我们照顾了阿里一整天，下午时，我本以为它似乎有点改善的迹象，但是到了傍晚时它又陷入昏睡，在夜里它就死了。

我将阿里带回家去，当我将它抱出车子时，它那光滑而不打结的毛皮仿佛是个嘲讽，因为它连性命都没了。我将它埋在仓库后方，离它睡了许多年的干草床只有几尺远。

当一个兽医失去宠物时，他的感觉和别人并没有什么不同。海伦和我十分伤心。我们只希望时光会渐渐将我们的哀伤冲淡，但是我们还必须考虑另一件重要的事。小黄该怎么办？

它们两只猫在我们的生活中已成为一个完整的

个体；我们从未想过将它们分开。显而易见，对小黄而言，没有阿里，世界就不完整了。连续几天，它什么都不吃。我们不断地呼叫它，但它却只离开仓库几步远，迷惑地环顾四周，便又转回它的床铺去了。那么些年来，它从未自己走下山坡过，因此接下来几周里，看着它不停地困惑环顾，寻找它的同伴，令我们为之伤心欲绝。

好几天海伦就在它的床铺旁喂食物，最后终于设法将它哄回墙上。只是小黄每次低头吃东西便会左顾右盼地，仍在等待阿里来和它分享。

“它好寂寞。”海伦说，“我们必须更加费力地哄它才行。我会在外面多待会儿，和它说话。但是如果我们能让它进屋去跟我们住在一起就更好了。可是我又知道那是永远不会发生的。”

我望着那只小动物，不禁想着我是不是可能习惯于看到墙上只有一只猫，但是小黄坐在炉火边或在海伦的膝上却是个不可能的梦想。“是的，你说得对。不过，也许我可以想想办法。我只试过和阿里交朋友，现在我要开始试试和小黄交朋友了。”

我知道我是在面对一个漫长且可能毫无希望的

挑战，因为这只玳瑁色的猫一向是两只猫中较为畏怯的。可是我却下定决心要实现我的目标。在吃饭时间，只要一有机会，我便会出现在后门口，哄着它，劝着它，伸手召唤它。有很长的一段时间，它虽接受我给它的食物，却不肯让我靠近它。然后，或许是因为它迫切需要同伴，使它觉得连我或许也可当做它诉求的对象吧！终于有一天，它没有向后退，反而允许我以手指触碰它的面颊，一如我对阿里所做的。

在那之后，我们之间的关系慢慢却持续地进展。一周周过去，我由触摸进而到抚触它的脸颊，再进到轻轻揉它耳朵，直到最后我得以抚摸它的全身，并搔搔它的尾巴根部。由那时起，未曾梦想过的熟识便逐渐开展，直到它必须来回在墙上走着，一次又一次快乐地弓起背在我的掌心中摩挲，而且以它的身躯擦挤我的肩膀之后，它才肯看它的食物。在这些每日的礼仪中，它最喜欢的一项是以它的鼻子与我的鼻子相碰，呆立一会儿，好望进我的眼睛里。

好几个月后，有天早上小黄与我便以这姿势对立——它在墙上，用鼻子触碰我的鼻子，瞪着我的眼睛，仿佛它认为我是那么的好，好得它永远也看不够似的。这时我听到一个声音在我身后响起。

海伦轻柔地说：“我一直在看着这个外科兽医工作呢。”

“而且还是快乐的工作。”我说着，并未移动位置，仍深深凝望那双碧绿的眼眸，充满了友爱，离我仅有几寸远。“我要让你知道，这是我最了不起的成就之一。”

最好的圣诞礼物

——小猫戴比

我印象最深刻的圣诞节还是在德禄镇度过的。那是和一只猫有关……

我头一次看见它是在秋天。那天我到安太太家去看一只狗，走进客厅的时候我发现炉火旁边坐了一只猫。

“我不知道你还养猫。”我说。

女主人笑了笑：“我们并没有养……它叫戴比。”

“戴比？”

“嗯。至少我们这么叫它。它是野猫，每个礼拜都要来两三次。它来的时候，我们就喂它吃东西。不过我不晓得其他时间它都在哪里。我想它一定把时间都浪费在四处游荡上面。”

“你想它会想和你们住在一块儿吗？”

“才不呢，”安太太摇着头说，“它是个胆小的家伙，每次都是偷偷摸摸爬进来，吃饱了又溜走。它看起来的确很令人同情，不过它又似乎不愿别人干扰它的生活。”

我又看了看那只小猫：“可是今天它不只是在

这儿吃饭。”

“有时候，它吃饱了并不立刻就走，它会偷偷溜进客厅，在炉火旁边烤几分钟火。它好像还蛮懂得享受的。”

“嗯……我也看得出来。”这只猫的姿态表情与一般小动物都有点不一样。它很安详地坐在炉火前的厚地毯上。它没有蜷起身子，也没有不停地洗脸，只是很平静地看着前面。我可以从它的眼神看出它有一种野性的高傲感，而现在它正在享受生命中最安逸平静的片段。

最后，它在我的注视之下，很从容地站起来走出去。

“戴比就是这样，”安太太笑笑说，“每次待不上十分钟就要走。”

安太太是位肥胖可爱又善良的中年妇人，她是所有兽医都最希望面对的客户：富有、仁慈，而且是三只名贵腊肠犬的主人。只要三只小猎犬之中有任何一者稍微表现出一点点难过的样子，我就会立刻被召唤过来。今天安太太打电话向我求急诊，是因为其中一只狗连续搔了几次耳朵。

因此我来安家的机会频繁，而且大多是芝麻小事，不过这倒使我有充裕的机会去注意那只吸引我的小野猫。有一次，我偶然瞥见它正津津有味地在厨房一角舔着地上的肉汁，可是一发现我在偷看，它立刻以轻快的脚步，像浮离地面似的溜进客厅。

原先已经霸占在炉火周围的三只腊肠狗正在打盹，可是它们似乎已经习惯了戴比这只不速之客。小野猫挤进它们的地盘时，其中两只以厌恶的眼光瞄了瞄它，另一只只是睁开惺忪的睡眼弄清怎么回事，然后继续闷头大睡。

戴比以固有的姿势坐在地上，两眼看着火光，好像在沉思似的。这次，我决定和它交个朋友。我轻轻走过去，然后慢慢伸出一根手指。它把身体靠向一边，似乎不太理睬我的多情。我刚刚摸到它的时候，它很有技巧地翻一个身，以高雅的步态跑出了客厅。我站起来走到窗边，却只看到一团黑影划进沾满雨露的草地里。

“真想不透它是到哪里去。”我自言自语地说。

女主人出现在我身后，“我也时常这么奇怪着。”

我想我再次听到安太太的声音差不多是三个月

以后。事实上，我正在奇怪她的三只腊肠狗怎么好久没生病时，电话铃就响了。

那是圣诞节的早晨，所以安太太好像很抱歉的样子，“哈利先生，今天打扰你实在是太不好意思了，我知道你该像任何人一样待在家中过节的。”可是这些客气的话并不能隐藏住她的不安与焦虑。

“请你不要在意这些，”我说，“这回是哪一只病了？”

“不是狗。是……戴比。”

“戴比？它在你家？”

“嗯……可是它出了问题，请你赶快过来。”

车子驶过市场时，我再次想到德禄镇的圣诞节就像狄更斯又复活了一样：空荡荡的广场上铺了一尺厚的雪毯，参差不齐的屋檐边结了一条条长短不一的冰柱；商店全部关门了，可是橱窗里五彩缤纷的圣诞树灯却忙碌地闪着；每一家都摇曳着温暖诱人的火光，而远处的荒野却冻得像一大块白色的冰砖。

安太太家里挂满了光彩炫目的金纸条和圣诞装饰，酒柜里昂贵的饮料全部都排列出来了，厨房里飘出阵阵洋葱和烤火鸡味。然而安太太带我走进客厅的时候，眼神却是很痛苦的样子。

戴比还是在它的老位置，只是这次情形有点不一样。它不像平常那样坐着，而是一动不动地趴在地上，更奇怪的是它旁边还躺了一只小黑猫。

我很奇怪地看看它：“这是怎么回事？”

“我也不懂，”安太太回答说，“我一连几个礼拜都没有看到它，几个小时之前，它衔了一只小猫摇摇晃晃地走进厨房。起初，我还很高兴，因为它自动走到老地方，把小猫放在地毯上。可是它静坐了一会儿就倒了下去，而且一动也不动。”

我跪在地毯上触摸戴比的脖子和胸骨，它瘦了很多，而且毛尖上都是泥块。我扳开它嘴的时候，它一点都没有抵抗。我觉得它的舌头冻得像冰块一样，呼吸也很微弱。我翻开它眼皮时，心中敲起了警钟，因为一颗像死鱼般的眼珠直瞪着前方。

我把手移至下腹，摸到叶片状的硬瘤。于是我开始感到绝望了，毫无疑问它得的是淋巴肉瘤。我用听诊器确定了一下微弱而急促的心跳，然后站起来坐在炉火旁边。温暖的火光烤得我脸颊热烘烘的。

安太太的说话声好像来自非常遥远的地方。

“它生病了吗，哈利先生？”

我迟疑了一下：“嗯……恐怕是的。恶性肿瘤。”我站起来，“很抱歉，我无法救它。”

“噢！”她的手立刻捂着嘴，两眼瞪得好大。她再开口的时候，声音是颤抖的，“那……那你是不是立刻让它安眠，我们不能让它痛苦，是吗？”

“安太太，”我说，“我们连针都不需要打了。它已经昏迷，而且马上就要死了——我想它现在已经没有知觉了。”

她很快地转开身子，静静地站了好一会儿。我知道她在压制自己的情绪。最后，她走过来跪在戴比旁边。

“噢，可怜的小家伙！”她边抚摸小野猫，泪水边滚落到地毯上，“我一直就觉得我该为它做点什么的。”

我静静地站在旁边，也为这只野猫的命运感到难过。这屋里五颜六色的装饰和气氛是绝对不相称的。

我轻声地说：“没有人能够做得比你还多，也没有人比你更仁慈。”

“可是我该收养它的。这么冷的天它在外面生病时一定很痛苦——我简直不敢想象。更何况它还生小猫。我……我不晓得它到底生了几只。”

我耸了一下肩：“没有人会晓得。也许只生了这一只，这种情形也是常有的。说不定戴比把小猫衔过来就是要交给你。”

“是啊……它一定是这么想的……一定是的。”安太太把旁边的小猫抱进怀里，轻轻用指头抠掉毛上的泥巴。小猫张开嘴喵喵叫了两声。这不是很奇怪吗，它知道自己要死了所以才把小猫带过来，而今天刚好又是圣诞节。

我又弯下去摸摸戴比的心脏，发现它已不再跳动了。

我抬起头说：“我想它已经死了。”我把只有几两重的戴比抱起来，用布裹着送到车子里去。

我回来的时候，安太太还在摸小猫。她的眼泪已经干了，而且脸上还放出光芒。

“我从来没有养过猫。”她说。

我笑了一下：“现在你有一只可以养了。”

安太太当然收养它了。小猫很快就长大成为顽皮的捣蛋鬼，它的个性处处都与它那胆小畏缩的母亲相反。它不再像母亲那样向往户外生活；相反的，它成天像个国王似的在安家巡视。安太太为它做了一个装饰的套头，这一点使得它觉得自己更威武。

我每次去安家都发现戴比二世比上次又长大了一点。我印象最深刻的一次是下一个的圣诞节——也就是它来到安家一年的纪念日。

这一天，我仍旧像往常一样地出诊。我不晓得我是从什么时候开始，连圣诞节都要工作，总之动物并不因为这一天是假日而不生病就是了。多少年下来，我对这一天出诊已经不再抱怨，因为在冰天雪地里忙了一阵以后，我有更大的胃口去享受火鸡大餐。更何况所有的农夫都会热情地款待我。

我驾车回家的时候，两颊泛着玫瑰红，因为我刚喝了几杯威士忌。外行的约克郡农夫把他们珍藏的酒像汽水一样地倒进我杯里——此外，我还喝了一杯翁老头的私酒，他的酒刚一下肚我就觉得一股热气直冲到脚趾尖。路过安家门口时，我听见有人在叫我。

“圣诞快乐，哈利先生！”她站在门口，乐得直向我招手，“进来喝一杯暖暖身子吧！”

我并不需要再暖身了，不过我还是毫不犹豫地

把车停在她家门口。屋里面还是挂满了跟去年一样的金纸条和各种炫目的装饰物，厨房里也飘出了相同的烤火鸡和洋葱的香味。我发现我口腔里不停涌出大量的唾液。惟一和去年不同的是屋里没有那种哀伤的气氛，而且戴比换成了戴比二世。

我走进客厅，看见那只凶恶的小猫正在轮番戏弄三只腊肠犬。它眼露凶光，用利爪扫过腊肠犬的脖子，然后掉头就跑。

安太太笑着说：“你知

道，它是它们的克星，它使得家里永远不得安宁。”

她说得没错，那只小猫是三只腊肠犬最痛恨的入侵者。我相信它们的感觉就像是乐融融的酒吧里突然闯进一个到处挑衅的恶棍一样。过去几年来，它们的生活一直是高雅而舒适的：很冷静地随着女主人出去散个步，享受餐盘中丰盛的食物，或聚在炉火边互相用鼻尖磨搓一番。它们的日子一天天平安地度过，直到戴比二世来了以后，一切都改变了。

它跳跃着闪到一只最年轻的腊肠犬身边，然后突然地从侧面挥爪攻击它的脖子。虽然对方是一只比它大好几倍的狗，但是这种侮辱实在太过分了。于是腊肠狗也顾不得尊严，和戴比二世在地板上厮斗起来。

“我要给你看一样东西。”安太太从酒柜里拿出了一个橡皮球走到花园里。戴比二世看见了，赶紧快步跟出来。安太太把球扔进院子外面的草堆里，小猫立刻像闪电般地射出去。几秒钟后，它得意地衔着球走回来，把它放在主人脚边，然后盼望地等待着。安太太又扔了一次，结果它又把球衔回来。

我大吃了一惊。一只会取回东西的猫！

腊肠犬们更痛恨它了，这原本该是狗类的专

利，而今却被一只猫儿盗去。不但如此，它还一再表演而不嫌疲倦。

安太太转过来对我说："你见过这种事吗？"

"没有，"我回答，"从来没有。它是头一个例子。"

她弯下腰，把小猫抱回屋里，并和它脸贴着脸互相逗笑。小猫很懂得把握机会，立刻用下颚在女主人的脸上轻搓。

看着这只健康顽皮的小猫，我不禁想起它的母亲。在那个寒冷的圣诞节，它那垂死的母亲把它叼进安家是何用意？它知道这温暖的天堂是世上惟一可能收留它孩子的地方，所以才这么做的吗？如果它是这么期望的话，那它应该可以安心了。

安太太笑着问我："你在想什么吗，哈利先生？"

"我在想它的母亲……它带小猫来这儿整整一年了。如果它能看到这幕景象的话，它一定会很高兴的。"

"是啊，"安太太又把脸凑近小猫，"这是我收到的最好的圣诞礼物。"